下一个

疯狂是谁

CCTV 中央电视台《中国财经报道》栏目组 编

机械工业出版社
China Machine Press

在世界逐利的资金面前，所有已经疯狂的东西似乎都能脱离正常运行的轨道，在非正规的道路上依旧奋然前行！但是，疯狂的背后其实就是一场战役，战役开始以后就知道胜利者是那些资本家，是那些依旧能理性思考的人，而失败者是那些始终保持疯狂的思想，总是以为疯狂没有尽头的人。是时候该好好想想了，我们不能再漫无边际地疯狂下去，我们不能再在疯狂的迷途中继续前行，理性应该是我们认准的路。上一个疯狂总会过去，下一个疯狂也总会到来，我们如果能认清事物发展的规律，那么我们就能够从中获利，进而抽身而退，学得越多，理解得越深，你将会走得越远，走得越久。

图书在版编目（CIP）数据

下一个疯狂是谁 / 中央电视台《中国财经报道》栏目组编. —北京：机械工业出版社，2008.8
（打开经济问号系列丛书）

ISBN 978-7-111-25011-1

Ⅰ. 下… Ⅱ. 中… Ⅲ. 投资—研究—中国　Ⅳ. F832.48

中国版本图书馆CIP数据核字（2008）第131951号

机械工业出版社（北京市西城区百万庄大街22号　邮政编码　100037）
责任编辑：宁　姗　　　　版式设计：刘永青
北京京北印刷有限公司印刷 · 新华书店北京发行所发行
2008年9月第1版第1次印刷
170mm×242mm · 11印张
标准书号：ISBN 978-7-111-25011-1
定价：28.00元

丛书编委会

Preface | 前　言

"这是一个美好的时代，这也是一个混乱的时代；这是智慧的年代，这也是愚蠢的年代……"在大文豪狄更斯的笔下，时代是矛盾而躁动的。今天，我们恍然进入另一个"热钱"的时代，在利益"梆梆"的鼓声中，我们不由自主地置身于趋利的"击鼓传花"游戏。

2006年以来，疯狂的事件此起彼伏：普洱茶突然间成为中国最为风光的饮料，被誉为能喝的"古董"，价格扶摇直上；一直被古代皇室深爱的红木，也在走入寻常百姓家，依靠不断上升的价格似乎重新归入只有皇家人士才能典藏的行列；本来作为收藏的艺术品，在资本的追逐下开始逐渐脱离实质的价值，被吹成一个个天大的泡沫；还有那现实版的"疯狂的石头"，动辄上百万的赌本，红了眼的人们早已失去了理性；中国的股市也在国人的疯狂下，被捧上难以想象的巅峰，股票的衍生物——权证，更是不断地以一天100%、300%、500%的涨幅刷新一个个上涨的纪录；就连一向被认为属于商业正常发展模式的加盟，也在"忽如一夜春风来，千树万树梨花开"的优美意境中迷失了本来的方向，走向了不顾一切随意扩张的深渊……疯狂，真的很疯狂！在充裕的资本面前，所有事物似乎都能哼起疯狂的曲子，跳起疯狂的舞蹈；在世界逐利的资金面前，所有疯狂的事物似乎都能脱离正常运行的轨道，在非正规的道路上奋然前行！

或许这个世界本来就很疯狂，或许是因为人们的赌性造就了各种各样的疯狂，其实每个人的骨子里几乎都有一点赌性，只是程度不一罢了。

纷繁的世界，有各种各样的人，就会有各种各样的事，就是这各种各样的人，造就了各种各样的疯狂。其实，疯狂过后，总会有回归理性的时候，人们在"涨—涨—再涨—还再涨—跌了—怎么还跌—还在跌"的现实中捶胸顿足，后悔不已。但是，一切都已是现实，疯狂的背后其实就是一场战役，战役开始后就知道胜利者是那些资本家，是那些依旧能理性思考的人，而失败者是那些始终保持疯狂的思想，总是以为疯狂没有尽头的人。

是时候该好好想想了，我们不能再漫无边际地疯狂下去，我们不能再在疯狂的迷途中继续前行，理性应该是我们认准的路。《中国财经报道》栏目组历经两年的跟踪调查，深入采访各个行业的资深人士，获得众多一手资料，并掌握了大量的内幕资料，由于电视节目的时间限制，无法让观众更加深入和透彻地了解这些事件的来龙去脉。为此我们将更丰富、更翔实的内容编纂成书，力图给读者展现近年来疯狂事物的历程，以求能够警醒后来者。"做负责任的报道，做负责任的解读"，一直是我们栏目组多年来奉行的宗旨。这样，我们才能够在中国人民的成长过程中尽到一点微薄的力量，在中国经济的向前发展中给予一些有益的提醒。

回到"下一个疯狂是谁"这个话题上，不单我们栏目组在用心地想，用心地挖掘，读者朋友们，你们也应该好好动动脑筋，在这个方面多下工夫，多做研究。上一个疯狂总会过去，下一个疯狂也总会到来，如果我们能认清事物发展的规律，那么我们就能够从中获利，进而抽身而退，学得越多，理解得越深，你将会走得越远，走得越久！

中央电视台《中国财经报道》栏目组

Contents 目 录

第6章　千树万树梨花开：特许加盟是"馅饼"还是"陷阱"

全新的现代营销模式 / 132

"钱景"虽好"陷阱"不少 / 135

奔"钱景"怎样防"陷阱" / 139

特许加盟认识的误区 / 145

特许加盟热的背后 / 147

进入加盟领域要三思 / 149

掉渣饼：美丽的传说遭遇冷落 / 151

"自然美"的35年 / 155

后　记 / 160
参考文献 / 163

"能喝的古董"：热钱煮沸普洱茶

普洱茶也能成为金融投资工具？在一些投机者手中，这个疑问早就变成白花花的银子。由60多人的队伍护送着一块来自故宫博物院的百年普洱贡茶，从北京辗转全国各地，使"普洱茶热"达到一个新的高潮。近年来，普洱茶价格狂涨了数十倍甚至百倍，收藏者越来越多，甚至有卖掉宝马车收购普洱茶的"新闻"。历史总是惊人的相似。变的是演员，不变的是剧情。在这幕正在热映的肥皂剧中，我们还可以清晰地看到"君子兰热"、"芦荟热"的影子。仿佛每隔一段时间，时代总会丢出一个"潘多拉魔盒"，来验证一下大众的理智与情感。

这幕可以称为"疯狂的普洱茶"的大戏，脚本作者还尚未有人知。只不过初一亮相，就先赢得"满堂彩"。说白了，其核心概念其实只有一条：普洱茶可以升值。于是围绕这一主题，形形色色的剧情热烈地演绎起来。一路"牛市"走下来，普洱茶成了只升不降的"绩优股"，人们的欲望在"疯牛"的刺激下，越发地变得血红起来。

今非昔比普洱茶

300年前，"贡茶"在马背上意外发酵的"美丽错误"造就了普洱茶。但直到300年后，这份美丽才享有了它的天价。从2003年下半年开始，普洱茶的价格逐渐"疯狂"，在短短几年间，其价格上涨了成百上千倍。

现在，原产云南的陈年普洱茶"比黄金还贵"，是"能喝的古董"。无论从市场的一般规律还是从产业的角度来看，普洱茶在营销上无疑是成功的，找对了市场的共振点，就能引起产业的"蝴蝶效应"。

在这个"疯狂"的季节里，普洱市进山的土路从早到晚都烟尘滚滚。中国茶艺乐园有限公司董事长陈国璋对此深有感触，"收茶的人是用麻袋装着现金，睡在茶农家里，抢收春芽的。很多时候是那边进账，这边立刻刷卡，买茶的人甚至比卖茶的人多，晚来一步，即使一个月前交了订金也会被人抢走原料。"

据了解，2007年春普洱茶青价格比2006年上涨了200%~300%。2006年卖100元/公斤的毛茶在2007年4月就卖到300元/公斤。老班章（滋味最好的古树茶）甚至卖到1800元/公斤，而景迈、易武的古树茶也同样涨到450元/公斤。勐库乔木茶卖到200元/公斤，无量山乔木茶卖到250~260元/公斤。据了解，售价最便宜的台地茶也从2006年的十几元/公斤上升到现在的50~60元/公斤。

到底什么是普洱茶？普洱茶最原始的解释就是普洱地区产的茶。这个定义通行于明代以前，到清代，由于公元1732年前后普洱的农民起义遭到镇压，兵祸无情，普洱当地的产茶量降为零，普洱茶以地名命名的时代宣告结束。第二个定义是指用滇西、滇西南生长的大叶种茶制成的晒青毛茶和紧压茶（通常被称为生茶），这类茶经过长时间的存放有可能变成自然后发酵茶。第三个定义是晒青毛茶经过后发酵加工形成的散茶和紧压茶（通常称为熟茶），它的销售比重大，传播最为广泛。茶叶采摘后，经过杀青、揉捻，在阳光下晒干，制成晒青毛茶，再经过一种后发酵工艺制成熟茶，具有醇厚、耐泡、陈香的特点。

"茶马古道"是普洱茶最动人的传说，也是茶叶市场最美丽的风景。

既然现在的普洱茶不是根据其地名而来，那么它的产区又在哪里呢？明清以前，普洱茶的产区主要是思茅和西双版纳，后来逐渐发展到云南的昆明、大理、临沧等地。1973年以后，随着普洱茶人工后发酵技术的发展，普洱茶的产地逐渐扩大，甚至扩及省外和国外。但是普洱茶作为历史名茶，具有强烈的地域性、工艺性特点。云南原产地的普洱茶才是爱茶人心中的至爱。

普洱茶虽然已有很长的历史，然而史书记载普洱茶的相关文献很少。从云南种茶历史看，清中期以前，茶叶主要产在思茅、西双版纳地区。那时普洱茶的初制主要是由茶农完成的。他们把采摘的茶叶在阳光下暴晒，先制成晒青毛茶；再经蒸压成型，制成圆形紧压茶。这里有两个细节关系到普洱茶品质的形成：晒青毛茶是绿茶中含水分最多的，同时在茶叶运输过程中，为了防止茶碎，须在茶叶中洒些清水，将茶潮软，这就更加大了茶叶的含水量。将这些茶叶运往思茅或普洱的总茶店，需要

10天左右的时间，这批茶叶已基本完成一个初步的冷发酵过程，由生茶变成发酵较轻的熟茶。在思茅或普洱的总茶店，一部分散茶经挑拣后内销，一部分蒸压成饼茶，每7圆为一筒，外包笋叶，这时为了使笋叶柔软也要将其浸湿，然后销往藏区。从思茅经传统的茶马古道普洱—景谷—景东—南涧—祥云—丽江—滇藏线到达拉萨。这条路全过程需要100天，尽管路途遥远、空气干燥、气温较低，但茶叶本身和笋叶中包含的水分仍使这些饼茶缓慢地冷发酵，形成云南特有的大叶种发酵后的普洱茶，其独特的陈香和浓郁的汤色尤其受到藏族同胞的喜爱。因此普洱茶的品质并不是有意为之，而是特定的地理、气候原因和特定的运输过程形成的历史产物。当时，这些工艺很难让人们理解，造成了普洱茶的神秘感。有人说它是错误的产物，但它是美丽的错误。

到了20世纪30年代后，交通条件和运输条件改善，进入藏区的时间缩短为40天左右，普洱茶的自然发酵过程很难完成，因此，各个厂家开始研究人工简化工艺，包括20世纪50年代的人工冷发酵、蒸气热发酵，以及20世纪70年代渥堆发酵的研究。今天我们饮用的普洱茶大多是人工后发酵生产的普洱茶。悠悠茶马古道上的马帮不复存在，但普洱茶的故事、普洱茶的传奇却永远留了下来。

20世纪90年代末，普洱茶开始在我国内地萌芽，主要以纪念茶和工艺茶为主，普洱茶的消费主要集中在上流社会、政界、商界和文化界中，此时的普洱茶主要是以礼品的形式在这些人群中流通。此时为普洱茶消费的萌芽期。

2000～2001年，随着普洱茶的慢慢普及，云南的普洱茶生产企业开始迅速进入市场，由于大部分厂家采用的茶青都是台地茶，再加上市场的迅速发展以及人们对普洱茶的认识不足，这一时期的普洱茶消费主要集中在普洱生茶。

2001～2002年，随着我国台湾、香港等地茶商陆续进驻最大的茶叶市场——广州芳村南方茶叶市场，由于这些茶商较早地接触普洱茶，经过他们的宣传和普及，喝普洱老茶慢慢成为消费主流，"喝熟茶、藏生茶、品老茶"的风气一时在消费者中流传。此时普洱茶的文化研究和推广宣传也逐渐展开。

2003～2005年是普洱茶的迅速发展时期，云南的普洱茶生产企业如雨后春笋般出现在云南的千山万水之间，普洱茶进入一个群雄逐鹿的时代，此时的普洱茶市场也进入一个你争我夺的混乱时代。收藏市场、拍卖市场迅速扩张，消费市场、礼品市场进一步囊括普通消费者。普洱茶茶叶产品从当初的台地茶、古树茶、野生茶等茶青的竞争和不同山头茶青的竞争，进入一个以品牌为导向的普洱茶竞争时代。

1993年4月是"普洱热"的一个分水岭。这年4月，"中国普洱茶国际学术研讨会暨首届中国普洱茶叶节"在思茅举行。来自9个国家和地区的181名专家学者亲临现场。会议最大的收获是解决了一个多世纪以来有关世界茶树原产地的悬案：世界茶叶原产地在中国，在云南思茅。后来，这些专家回去都成为义务宣传员，把普洱茶从思茅推向全国、推向世界。从1993年开始，思茅坚持每两年举办一次"中国茶叶节"，宣传普洱茶文化。事后证明，这一举措使思茅的普洱茶发展势头领先于云南西双版纳、临沧等主要产茶区。

此时，邓时海等一批台湾茶人的茶书相继出版，对宣传普洱文化起到相当大的作用。年份是普洱茶"越陈越香"的直接表述，也让普洱老茶获得巨大的升值空间，而文化的附加值让普洱茶在市场表现上有着更多的发挥余地。

20世纪90年代中期，云南省委、省政府就提出要把以食品为重点的生物资源开发产业作为四大支柱产业之一来建设，希望把"云茶"打造成继"云烟"之后云南省又一知名产品。这为整个普洱茶产业提供了政策环境。

2005年3月26日，沈培平当选为思茅市市长。他上任后不久，将思茅市定位为"世界茶源，中国茶城，普洱茶都"，并将普洱茶定位为思茅市的四大支柱产业之一。就在沈培平当选思茅市市长的这一年，茶叶节的重要活动"马帮茶道·瑞贡京城"开始了。这一活动被誉为有关普洱茶的最大的行为艺术，沿着旧时的马帮进京的路线一路北上。媒体对此争相报道，在全国引起极大轰动，普洱茶在最大范围内进入全国公众视野。此后类似的"创意"活动层出不穷，用于文化宣传和商业运作。

普洱茶市场的火暴，使云南茶农的收入飞速提高，很多茶农现在已经拥有了自己的汽车。

知名度的井喷式提升和文化价值的赋予，让普洱茶在茶叶拍卖会上抢够了风头，一饼普洱茶从几十万到一百多万元不等的天价，成为人们的热闹谈资。虽然这一再被指为普洱茶商之间的"零和游戏"，但在"全民普洱风潮"下不足为奇。

就在普洱茶稳步发展的同时，思茅市更名普洱市一事也冒了出来。真正提出更名始于2001年。当年4月，思茅地区文物管理所所长黄桂枢首次在全球普洱茶专家面前提出了思茅市更名为"普洱市"的建议。

此后，更名的呼声日渐高涨，从民间热议上升到政协提案、人大议案。2005年根据思茅市人民代表大会形成的更名议案，思茅市最终做出了更名申报的决定。直到2007年1月21日，国务院批准同意将思茅市更名为普洱市。

随着追求功能性保健产品的消费者增加，普洱茶已经开始走出云南大山，从沿海城市风靡至北京，收购、囤积普洱茶的人士大有人在。

最近流传着一个普洱茶的故事：有个买家，前几年用一辆宝马3系的钱来买普洱茶，有懂行的人看了他的茶说，现在把茶卖掉可以换一辆宝马5系，但是再过几年出手，可以换一辆7系。普洱茶越存越值钱的说法，吸引着越来越多的社会投资。

沸腾的普洱茶

多年前默默无闻的普洱茶如今成为茶中极品，价格迅速翻涨数十倍。是普洱茶的"大器晚成"，还是另有原因？

"2006年进货价格为30多元一块的7两装七子茶饼，到了2007年就变成150多元钱，而市场零售价格还要高很多。"提到当前茶叶市场普洱茶的价格，马连道一家茶庄的老板感慨地说，普洱茶价格涨得太快了，甚至让他这个做茶叶生意8年之久的老茶人都感到意外。

以中国茶叶经济比较发达的广东省为例。几年前，在那里批发普洱茶是一手交钱一手交货，很多时候还可以赊账。但是自从普洱茶被炒得沸沸扬扬之后，根本就不存在先提货的可能了，通常都要提前一段时间预付订金，甚至还要根据付款先后顺序提货。"越来越多的人认可普洱茶，普洱茶的知名度也越来越高，价格当然会疯狂上涨！"云南昆明一家知名茶业有限公司的市场开发部经理邵显君称，普洱茶价格在几年内迅速上涨的原因就是人们对它的追捧，而追捧它的原因之一就是各大茶商的疯狂炒作。

邵显君说，例如云南一家知名茶厂生产的一款500克普洱茶茶饼，1997年的进货价是7元一块，可是到了2007年已经涨到160元一块。再如另一种型号的普洱茶，2006年年初新茶进货价为30多元一块的700克茶饼，到2007年年初，同样茶叶的进货价就涨到150多元。一些纪念版和收藏版的普洱茶产品在一年内上涨幅度更大，大部分都比去年同期上涨了近10倍。

　　普洱茶已成为茶商吸引顾客的最佳"道具"。茶市中有"无店不普洱"
之说。

　　记者对茶叶市场以及茶楼、茶坊等进行了调查，发现在众多品种的
茶叶中，普洱茶已经成为最受宠的一种茶叶，它几乎成为茶叶中"时尚"、
"健康"和"品位"的象征。

　　一家茶楼的服务员告诉记者，近几年来，特别是从2006年开始，市
民对普洱茶越来越青睐，喜欢普洱茶的人群也越来越广泛。同时，从茶
叶市场上的销售情况来看，普洱茶的种类也由原来的几种发展到了几十
种，品牌也在逐年递增，而且大多数种类的普洱茶也都转变成一种礼品。
"吉祥如意、马到千里、一帆风顺……"记者在茶博会和茶叶店里发现，
一些作为礼品茶的普洱茶产品都被冠上这样祝福字眼的名字。云南一家
茶业有限公司的负责人介绍，如今的普洱茶被赋予了很多文化气息和商
业气息，更多情况下，普洱茶已经成为一种象征。该负责人指着专柜上
的各种普洱茶礼品说，这些茶已经不是用来喝的了，喝普洱茶的人并未
增加多少，但是关注它的人却越来越多。

　　一家茶楼的经理称，如今一些人对普洱茶的追捧程度几乎达到一种
失去理智的程度，在北京，曾有人出100万元叫买一块普洱茶茶饼，其

目的是将那块具有30年历史的普洱茶茶饼当做礼物赠送他人。

热销现象存在，但普洱茶的真正价值何在？是否越陈越好喝，越老越值钱呢？其收藏价值何在呢？为此，记者对于云南产地、广东和北京销售市场、北京的茶商及质量监督部门进行了采访。

一种茶可以保健，在专家描述的众多功能中，最吸引人的当属"降脂、减肥"；一种茶可以喝，越是长时间存放，越显味道醇香；一种茶可以收藏，陈年老茶有古董茶之说，且可以以不菲的价格成交……这种神奇的茶，就是产自我国西南边陲云南省的普洱茶。

在北京的马连道等茶叶批发市场，你可以看到销售普洱茶的商户一家挨着一家，销售普洱茶的火热势头可见一斑。从每饼几十元到每饼上千元，普洱茶的身价在茶叶店根本没谱，甚至千元以上档次的普洱茶，每家茶叶店也摆出几块充充门面。

通过多家茶楼经理的介绍，记者采访了一些有着多年炒茶经历的普洱茶炒家。在炒家中，很明显分为两个派别。一种是因个人喜好收藏普洱茶，并没有对升值抱有过多幻想。而另一种炒家则是看中普洱茶的升值价值，希望通过收藏获取经济利益。"'稳挣不赔'的投资方式，为什么不去炒？别人都赚钱了，我们为什么不去赚？"提到炒茶的目的，炒家藏先生这样说。藏先生是一家驾校的校长，业余时间几乎成为一名专业的普洱茶炒家。他从2004年开始加入炒茶的行列，但是他说，他算是"出道"比较晚的，因为他的很多朋友早在2000年就开始炒茶了。藏先生说，他之所以炒茶就是将它作为一种投资产品，因为他认为普洱茶"越陈越香"、"越陈越贵"，他觉得这是一项"稳挣不赔"的投资。

在记者采访的20多位炒家中，跟藏先生抱有同样想法的人大约占到60%，他们本身对普洱茶的了解并不多，而且很多人几乎从来不喝茶。

与藏先生这样的炒家不同，还有一类普洱茶炒家，他们收藏普洱茶是因为个人喜好。普洱茶爱好者穆先生说，他从2000年开始收藏普洱茶，如今已经收藏了几十公斤。他最初是想通过喝茶减肥，后来渐渐开始喜欢上了普洱茶。穆先生称，他并没有指望这些茶真的会升值，不过即使茶价大降，他也觉得无所谓，因为他并没有指望靠普洱茶发家。

2007年5月起，价格持续上涨的普洱茶在毫无征兆的情况下出现迅速下滑的状况，4月价格还在15 000元以上的某知名品牌的30公斤装普洱茶，到5月竟下跌了50%左右，价格下滑到8000元以下。不少业内人士开始担心，此次降价会不会将普洱茶市场带入不可挽回的低谷。

云南普洱茶协会的陈虎认为，早在2007年春茶上市前，茶叶原料的进货价就已经上涨了近3倍，这是2007年年初普洱茶价格疯狂上涨的一个主要原因。2007年5月以来普洱茶的价格之所以"跳水"主要是由于季节原因。每年以节气谷雨为界线，之前的茶被称为春茶，价格较高，之后的茶称为夏茶，价格较低。这是市场规律，年年如此，只是2007年表现得比较明显。

大连一位普洱茶炒家则认为，普洱茶茶价的骤降与股票市场的持续火热也有关系。因为更多的人把手中的资金投向了股票市场，待股票市场出现降温后，普洱茶的价格会重新上涨。

业内人士分析，此次普洱茶的降价在一定程度上刺激了普洱茶市场的良性发展，不过这使短线炒家损失惨重，一些在高位接盘的短线炒家不得不退出茶市。

2007年6月6日至6月9日，在大连第三届茶博会期间，正值南方地区普洱茶价格急速下滑，很多业内人士分析，此次普洱茶降价很有可能出现普洱茶市场"崩盘"的现象。但当记者询问来自云南、广东、福建等地的多家茶商时，他们都极力地否认。"绝对不可能，这个季节正是普洱茶的销售旺季，我们的货源都很紧张，销售基本是供不应求，每天的价格都在上涨。"云南一家茶业公司的销售经理说，在普洱茶越来越热的时候绝不会出现降价的可能。他表示，那些降价的普洱茶一定不是出自正规厂家。

不过记者发现，在4天的茶博会期间，各品牌的普洱茶专柜前的人气都不是很旺。"这款是买一赠一的，那款是特价处理的。"记者走访了很多家普洱茶专柜，很多都打着这样的促销方式。一家云南品牌普洱茶专柜的服务员对降价之说极力否认，但是她向记者推荐的茶叶都是"买一赠一"，尽管价格没有改变，但实际上相当于打了5折。

业内人士称，在普洱茶货源紧缺的情况下，绝对不会出现买一赠一的优惠，商家以这种方式销售，事实上就是一种变相的降价。

普洱茶被越来越多的人追捧的又一原因是"越陈越香"。但是，当记者探究普洱茶"越陈越香"这一说法的根源时，却发现了两个矛盾：第一，越来越多的人宣扬普洱茶"越陈越香"，但是真正见过20年以上的普洱茶的人并不多，而真正喝过20年以上的普洱茶的人更是几乎没有；第二，一位对普洱茶颇有研究的业内人士称，在普洱茶的产地云南并没有"越陈越香"这一说法。

茶楼经理姜先生称，据他了解，普洱茶"越陈越香"的说法最初是出自台湾茶商之口，因为台湾茶商从2002年就开始疯狂炒作普洱茶，这是台湾茶商们为炒作而宣传的一种说法，并没有科学依据。根据普洱茶的生物特性，通常10年以上的普洱茶已经基本上失去了茶本身的香气，而20年以上的普洱茶已经完全失去了喝的价值，它与古董一样完全变成一种历史年份的象征，已经失去了茶本身的内在意义。

对于此说法，陈虎也给出了明确的说法，他说，普洱茶并不是具有无限期的保质期，"越陈越香"的说法也不是十分科学。通常，熟普洱茶超过20年就不能喝了，其营养成分已经完全消失，而生普洱茶的保质期最多为50年。

卷土重来普洱茶

茶文化是中华民族历史文化遗产中重要的瑰宝之一，普洱茶作为历史悠久的名茶，是茶文化的一个重要分支。然而，近期以来，普洱茶主要产地云南的价格疯狂飙升、狂降，市场起伏跌宕，令市场、商人、平民消费者无不感到震惊，并引起中央电视台和主流媒体一再关注。最疯狂时，顶级普洱茶每件（30公斤）卖到了2万多元的天价！西双版纳布朗山乡老班章仅毛料茶也卖到了1250元/公斤。

应该说，茶文化的进一步推广，首先源于人们对健康的追求，源于对普洱茶的逐步认识和研究。但让其"疯狂"，最主要的还是源于商家炒作、广告轰炸，一些广告宣称：普洱茶不仅是最佳饮料，还可以抑制癌症，可以减肥、降血脂……还有若干科研成果和材料证实，言之确凿，引起不少人的狂热追逐，居然真有人把普洱茶当做药物来使用！

普洱茶果真有这些功能，可以当做药物来使用吗？

究根探源还要从头说起。中国茶文化历史源远流长，茶艺、茶礼为文人骚客和达官显贵喜闻乐道。普洱茶是历史悠久的云南名茶，主要产在云南省南部，海南也有少量分布，一般生长在海拔1200～1400米的高山上，其他地理位置难以生长，所以比较珍贵。云南有树龄达800年以上的茶树王，更是鲜见。

普洱茶已经有几千年的饮用史。早在唐代，普洱茶就已经销售到内地和西藏；到了宋朝，有了"以茶易马"的市场，用茶叶可以交换当时比较贵重的马匹；明朝"士庶所有，皆普洱茶也"，可见其珍贵。到了清代，普洱茶发展到一个鼎盛时期，每年远销外地10万担以上。清廷曾把普洱茶定为向朝廷进贡的珍品。大文学家曹雪芹把普洱茶写进了《红楼梦》这部巨著，俄罗斯大作家托尔斯泰在他的名著《战争与和平》中，也描写了喝普洱茶的场面。

普洱茶的药理功能早有记载，清朝人赵学敏的《本草纲目拾遗》记载："普洱茶性温味香……解油腻牛羊毒，虚人禁用。苦涩助痰，刮肠通泄。普洱茶膏黑如漆，醒酒第一，绿色者更佳，消食化痰，清胃生津，功力犹大也。"《百草镜》、《滇南闻见录》等古籍，都有普洱茶解毒、治病的记载。可见，古人对普洱茶早有关注和使用。尽管古人早有记载，普洱茶也已经有几千年的饮用史，但是对其进行深入研究探讨还是进入新时期以后。营养学家于若木称"茶是大自然赐予人类天然的最佳中药配方"。研究也早已证实，饮茶能有效地降低血脂、血压及血液中的胆固醇，进而防止心脑血管疾病的发生。原因是茶叶中的茶多酚，特别是儿茶素有很强的降脂和保护毛细血管的作用。

近年来，国内外对普洱茶的生物、药理功能进行了更加深入的研究，普洱茶的功能也进一步得到开发。国内外科学家对其进行了诸多实验，发现它具有一定的抗癌功效和其他功效。昆明天然药物研究所国家级专家、教授梁明达、胡美英发表了《普洱茶——21世纪的抗癌保健饮料》一文，对普洱茶的抗癌功效进行了深入探讨。据了解，目前肿瘤已经成为世界各国人民死亡的主要原因，每年全球死于癌症的人有400多万，我国每年有80多万人死于恶性肿瘤。云南省是我国恶性肿瘤发病及死亡率较低的地区，普洱茶主要产地思茅（今普洱市）、临沧、西双版纳更是云南省肿瘤发病较低的地区。专家认为，这与当地居民长期饮用普洱茶有直接关系。日本是世界胃癌重点高发区，但是在其产茶大县静冈县，胃癌发病率明显低于其他地区。

现代医学研究证实，茶水具有暖胃、减肥、降脂、降血压、降血糖、防龋齿、防止动脉硬化、防止冠心病、抗衰老、抗癌、抗辐射、抗毒、减轻烟毒、预防便秘、解酒等功效。其中普洱茶的抗癌、抗辐射、降脂作用尤其明显。法国一家医院曾经做过一次有趣的实验，每天给肥胖者喝3碗云南普洱茶，一个月以后，这些肥胖者血液中的脂肪减少了近1/4。

国内做的观察也很相似，体重超标者饮用一段时间的普洱茶以后，40%以上的人有不同程度的体重减轻，年龄在40～50岁的病例效果更加显著。而且普洱茶对降低人体内的三酸甘油酯、胆固醇等有不同程度的疗效。研究显示，由于普洱茶经过独特的发酵过程，其所含酵素具有很强的分解脂肪的功能。

不仅如此，普洱茶还具有抑制体重反弹的功效。许多人通过运动和控制饮食减肥，可是稍一放松，体重就会反弹。然而坚持饮用普洱茶就

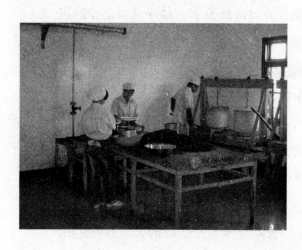

不会出现这种现象。日本朝日啤酒公司研究人员用四组实验鼠做实验，先给它们喂食富含脂肪的食物，增重以后，喂食普通食物，各组分别添加普洱茶、茉莉花茶、乌龙茶及混合茶末，结果发现，喂食普洱茶的实验鼠体重下降非常明显，比其他组实验鼠平均体重下降

了8克。这在一定程度上证明，坚持饮用普洱茶可以抑制减肥反弹。

由此可以看出，茶叶确实是有益健康的好饮料。1989年，在中国科学技术协会召开的全国肿瘤学术会议上，云南代表提出普洱茶具有一定抗癌作用的论点，许多专家探讨了茶叶的抗癌功能、抗辐射功能等，在会议纪要中，首次提倡在国人中推广饮茶，并把它作为抗癌的措施之一来实施。1991年，在亚太地区国际肿瘤学术会议上，中国茶叶尤其是普洱茶的抗癌、抗辐射作用的科研成果，引起与会者瞩目，并受到高度评价。

自此，茶叶，尤其是普洱茶声威大震。一些商家抓住这些要点，大做广告，在一定程度上对普及茶文化起到了推动作用。但是，由于商业利益的驱使，也不乏夸大之辞，有的商家大肆宣传其抗癌的功效，炒作

抗癌概念。诸多的报刊加上影视声像等强大的立体广告攻势，使许多人误以为普洱茶就是可以治疗癌症的药物，可以治疗癌症和其他许多疾病。

针对这一误区，许多专家都提出了异议。哈尔滨医科大学教授于汉力指出，概念炒作不可取，夸大的广告宣传往往误导患者、消费者。如果以为茶叶可以治疗癌症，那就大错特错了！茶叶包括普洱茶具有一定的抗癌功效，但是"具有一定的抗癌功效"不等于就是药物，更不等于就可以治疗癌症。在某种程度上抑制癌细胞生长，与杀灭癌细胞、治疗癌症是两个不同的概念。茶叶和其他保健品一样，都具有一定的

保健作用，有的甚至具有抑制癌细胞生长的作用，比如一些灵芝产品。但是，茶叶也与五花八门的保健品一样，是茶不是药，保健品也不等于药。常年坚持饮茶，具有一定的抗癌功效，但是，这也不等于从此就不患癌症。应该指出的是，所有的茶业产区，尽管恶性肿瘤患者较少，但也不是绝对没有。也就是说，常年坚持喝茶也可能会患癌症，更不用说用茶叶治疗癌症了。任何事物都有一个度，超越了这个度，就错了，真理向前跨越一步就是谬误。

戳穿了这一层西洋镜，普洱茶也就不那么神秘了，也不那么值钱了。据了解，许多高级普洱茶出现价格狂跌，不到一个月的时间，炒家手里的名品普洱茶已经贬值一半。即便是在中央电视台打广告、一向坚挺的名牌"大益"7547生茶，每件最高批发价格也由23 000元跌至17 000元，其他品牌下降得更多。中国茶业流通协会副会长王庆指出，概念炒作和一些厂商囤货不卖，使普洱茶迅速增值。于是，在流通环节出现了一定

的水分，如今出现价格"跳水"是正常的，应该算是价格的有序回落。

专家指出，对待普洱茶的疯狂，也应该像对待其他炒作的事物一样，理智看待，清醒消费。

比牛市还牛的普洱茶是人为炒作出来的？

"实在看不懂行情！"作为一个喜欢喝普洱茶的炒家，面对2006年开始的疯狂行情，发出这样的感叹，2006～2007年大部分普洱茶的上涨幅度都超过10倍，尤其是2007年以来，更是表现出了比股市更加疯狂的特性，仅仅不到半年时间就上涨了5倍左右。

而2007年5月以来，作为炒作普洱茶的主要地区，广东茶叶市场普洱茶的价格出现了大幅"跳水"的情况，不少产品价格出现了明显的下降。

一时间，作为备受各路炒家青睐的普洱茶，是否已经接近"崩盘"成为业界关注的一大悬念。在上涨和暴跌的"多空"对峙中，普洱茶是否持续"投资明星"的风范，已经引起越来越多人的注意。显然，对于2006年以来最具耀眼的投资品种，普洱茶市场的情况已经发生了微妙变化，面对这种微妙变化，资深评茶师、珠海市茶文化交流协会副会长赵伟表示：普洱茶目前还未崩盘，价格调整反映市场开始日趋成熟。

如果没有形成一定人数的炒家，也没有形成稳定的终端销售，对于炒作普洱茶来说，将是一件很难的事情，也就意味着很难从不断上涨的价格中获得同等的收益。"如果没有兑换成人民币，茶也只是价值的符号而已"，一位炒家说道，普洱茶哪怕涨得再厉害，但是在终端市场，如果你找不到合适的买家，还是无法实现"套现"的，只有在圈子里玩得很熟了，才可能获得"套现"。以2005年的勐海普洱7542茶饼为例，现在的市场价近200元，但是如果你没有一定人脉去"套现"，只好选择去专卖店请他们代售，一般来说专卖店开的价格是100元左右，其中的100元利润就这样白白被专卖店"剥削"了。

据了解，从2007年下半年开始，普洱茶开始了自己的"疯狂"历程，普洱茶价格开始全线上涨。圈子里一个很有名的故事是，2004年年底，上海一家民航公司退休的老人，花了10万元左右收购了7吨左右的勐海普洱，仅仅过了2年，他手头的这些普洱茶市场价值已经超过了100万元，涨了整整10倍多。"仅以2007年前4个月来看，普洱茶的价格就翻了3～4倍，其疯狂程度远远超过股市。"

但是据了解，2007年5月广东地区茶叶价格全线下跌，以甲级沱茶为例，曾经最高成交价格近400元/公斤，半月后的报价是210元／公斤左右，下跌近50%。而一直受到追捧的领军品牌大益牌，其产品价格也全线下调，某产品甚至出现每件单价下跌8000元的窘况。

在历史的长河中，普洱各族人民在长期的茶叶生产实践中积累了丰富的制茶经验，形成了"普洱茶"精湛的制作工艺和独特的品质。

除了茶叶市场的普洱茶成品价格大跌以外，普洱茶原料的价格也开始全线走低，之前六大茶山台地茶原料，一般不低于60元/公斤，现在40多元便可收购，临沧的茶价也普遍从每公斤50元落至40多元。

据说，有茶友"五一"前进了一大批普洱茶，"五一"前这批茶每件的单价都超过22 000元，而且那时的市场也很火热，只要出手，基本上都会有人接货；但是他觉得价格还会攀升所以选择观望，没想到半个月过去了，普洱茶的价格非但没有继续上涨，反而开始"跳水"。如果他选择这个时候出货，其账面损失会超过百万，因此这位茶友只好从炒家变成了收藏家。

相关的市场人士和专家，都对价格下调表示欣赏的态度，并且都把价格下调和茶叶质量联系起来。这次价格的下调除了和泡沫释放有关以外，还有一个重要原因，可能是人们对普洱茶的质量也有了充分认识，那些质量不好的普洱茶，价格出现下跌是很正常的事情。

杭州贡茗茶叶店经理程家军预测，目前市场上80%的普洱茶可能都存在问题，以后市场会逐渐将这些茶叶剔除。据程家军介绍，目前市场上有问题的茶叶主要集中在两个方面，第一就是"入仓茶"，以人为的方式增加茶的年份，使其能够卖出更高价格。

所谓的"入仓茶"，就是人为地给茶叶加水，然后盖上棉被，在施于高温，不断重复这样的过程，使茶叶加速发酵，最后茶叶在出品的时候宛然像是年份很久了，一般非专业人士往往很难看出其中的"猫腻"，便以为是年份很久的陈茶，以高价购买。"但是茶是会说话的，等到泡茶的时候，就会现形的。"程家军说，这种茶叶其实是发酵过分，茶叶泡水后会烂掉，而不像正常的茶叶。除此之外，还有一个问题，一些茶商往往玩"以次充好"的手段，明明是7级或者10级的茶叶，但是在制作茶饼的时候，在外面"洒"上一层3级的茶苗，然后就以3级的茶饼价格出售，这样价格往往可以相差一倍左右，而且升值空间也不一样，一般7级或者10级的普洱茶几乎没有多少升值空间，而3级以上的茶叶，仅仅从物理属性来看，每年至少有20%以上的升值空间，更何况加上炒作，升值空间更加巨大。

随着鉴别能力的提高，有问题的普洱茶价格会逐渐走低，甚至逐渐退出市场。专家表示，"从这个意义上说，价格下调会促使市场开始优胜劣汰地洗牌！"而对于普洱茶玩家来说，这也是一个不得不引起重视的问题。这说明市场开始趋于理性，逐渐挤掉普洱茶的价格泡沫因素。

据了解，2006年以来普洱茶价格的疯狂，其实与原料上涨有一定关系，由于普洱茶价格出现井喷，导致茶农纷纷提高茶叶的价格。一位专业人士透露："从终端到茶农，至少有五六个环节，每个环节的信息放大50%的话，到茶农那里，价格就可能上涨了很多。"事实上，2006年茶叶的原料价格和往年相比，全部都出现不同程度的上涨，导致很多茶农出现惜售情况，这个信息传递到终端，又促使价格进一步上涨。

相关专家表示，随着市场信息沟通的日益充分，原料茶价格也逐渐趋于回落，这使得终端价格也随之回调。

一位资深的玩家表示，从供求关系来讲，普洱茶作为一种商品，其价格应该是由市场供求关系决定，当供大于求的时候价格降低；当供小于求的时候价格升高，从长久趋势来看，普洱茶的价格不可能出现一路上涨的走势。

"除了那些年代久远的高档普洱茶，新的普洱茶并不具备稀缺性特点，因为茶叶年年生长、茶园年年扩大。"这位玩家这样分析。随着近年普洱茶价格的不断上涨，茶农也不断扩大种植面积，市场供应也逐渐充裕。因此，从这种趋势看，普洱茶价格不会大幅脱离其价值一路飙涨，必然会回归，但总体上由于经济发展、成本提高在一定范围内会合理上涨。

事实上，对于真正喜欢普洱茶的收藏家来说，他们更看中的是普洱茶的物理价值，而不是投资价值。

"如果价格再次上扬，将完全有可能重演几百年前荷兰'郁金香热'的悲剧！"面对普洱茶远超股市大牛市的不可思议的收益，一位金融机构人士方先生表示了这样的担忧。

据方先生介绍，16世纪中叶郁金香从土耳其传入西欧，不久在荷兰种郁金香成为一种时尚。而稀有品种的郁金香球茎的价格一路飙升，成为当时投机者猎取的对象；到了1636年，较高级品种的一个郁金香球茎，就可以换到两匹马、一辆马车和一套马具；到1637年，郁金香球茎的总涨幅已高达5900%！

然而，泡沫终究是泡沫，1637年2月4日，希望出手的人挤满了各地的交易所，郁金香价格急剧下落，市场迅速崩溃；许多靠贷款做买卖的人破产，没有预料的事态使城市陷入混乱，直至发生国家危机。"普洱茶再怎么神，也只是茶叶而已，不可能变成黄金！"方先生说。

据市场人士表示，其实在普洱茶疯狂上涨的背后，是炒家有意制作的神话图景：众商家合力"挺"，投机者乘机"炒"，顾客"跟"着感觉上。据悉，就目前来看，其实很多人都已经看到，普洱茶已经成为逐渐丧失理性的市场，大家都清楚普洱茶疯涨的价格已经背离了其价值，泡沫迟早是要破的，但谁都认为自己不会是最后那个"傻子"，都觉得自己还应该再从这块大蛋糕上多分一块蛋糕。

随着普洱茶市场的火暴，商家在普洱茶的包装上也做足了文章，原来简单到只用一张包装纸，如今出现了价格不菲的树根、陶罐等包装。

普洱茶的消费市场目前基本上可以分为：节日、礼品市场，拍卖市场，收藏市场和终端市场。

节日、礼品市场 主要集中在一些节假日和婚庆等，对普洱茶比较了解的消费者和商人等把普洱茶作为礼品赠送给亲友、上司、合作伙伴等，这也是一些普洱茶高端产品的主要消费方向。

拍卖市场 拍卖市场在我国还不是很成熟，普洱茶往往是借助名人和一些有重大意义的事件增加产品的附加价值，从而以此为效应，获得消费者认同。与斯里兰卡等主要产茶国相比，我国可以说还没有形成一个茶叶拍卖市场。许多茶叶拍卖还主要集中在制造新闻效应方面，还不是真正培养这个市场的形成，这也是我们的茶叶质量好，价格相对较低的原因。

收藏市场 这是普洱茶消费的主流市场之一，也是推动普洱茶发展的动力之一。收藏市场不仅吸收了许多新茶，更重要的是吸引了更多的资金进入普洱茶行业。但是，当前的藏茶者时常对普洱茶收藏价值的判断和收藏趋势的把握没有深入地分析，还带有很大的盲目性和随意性。如果当前茶叶市场的拍卖只是一种明显的炒作，那么收藏就是一种隐性的吹捧，还远没有形成一个健康稳定的市场。

终端市场 主要集中于普洱茶的爱好者、茶馆等，茶馆不仅提供喝茶的场所，同时也出售普洱茶，普洱茶的形象很大一部分是通过它宣传的。随着普洱茶整个行业的普遍提升，这一市场必将成为更多厂家必争之地，也是普洱茶品牌确立的基地。

从普洱茶主要集中的消费市场特点分析，可以得出，普洱茶还是一个集中于较高收入人群消费的产品。这一人群有消费能力、消费意识并且对普洱茶认识较为深刻，同时，这一人群接受过较高程度教育，对普洱茶不仅是作为一种饮品的期待，还有文化、保健、增值等方面的要求。

通过普洱茶市场的发展态势和目前的市场状况，我们可以这样认为，普洱茶市场是一个以大流通批发市场兼终端消费市场的形态，普洱茶的资本与产品的转换主要发生在流通领域，这也是在以广州芳村茶叶批发市场、北京马连道茶叶批发市场和云南雄达、康乐茶叶批发市场为辐射下产生的一个市场状态。

云南普洱茶生产企业通过我国北京、广东、广西、香港、台湾地区和马来西亚等国内外的一级或二级代理商销售产品,这些地区的代理商则通过自己掌握的固定消费群销售。这些消费群主要集中在茶馆和茶艺馆、节日市场、礼品市场,有的则通过下一级零售商出售给普洱茶的固有消费者。

提防黑心茶商的陷阱

一位从事普洱茶经营工作的石先生告诉记者,随着普洱茶市场销售升温,现在越来越多的商家开始经营普洱茶,但为了牟利,许多商家开始大做文章,以种种方式降低成本,谋取消费者利益。他认为目前市场所售普洱茶的混乱现状大致分为以下8种情况。

(1)以次充好。有些茶外表是好的,但其内部却是劣质茶。这种包装方式行业术语叫"撒面"或"包边",金玉其外,败絮其中。

(2)低级别茶卖高价。由于买者不了解,花言巧语的商家一介绍,买者就会上当受骗。

(3)湿仓茶冒充干仓茶。许多通过湿仓,将新茶多次渥堆、发酵,利用快速催熟的原理冒充自然、正常发酵的茶叶出售给消费者。

(4)以新充老。有些商家将一些不适合做茶的原料,通过人工发酵的方式使之变色,达到貌似老茶的效果,从而冒充老茶销售。但这种茶一喝就会露馅,不过喝茶者需具备一定经验。此招主要蒙骗那些不懂普洱茶的顾客。

(5)回炉茶。有些商家趁着市场比较热的现状,将一些大厂家的茶购回分解,用次茶做芯,将大厂家的茶叶包在外围,冒充大厂家的好茶出售。

（6）改头换面。普洱茶的质量可分9个等级，但有些实力较弱的商家不具备很强的实力，于是就采取伪装包装的方式。将次茶换上正规厂的包装，冒充好茶出售。

（7）发霉茶充好茶。北京某市场上一家专营普洱茶的茶店，号称专卖老茶，但是石先生曾经购买过一批老茶，其中许多已经发霉，根本不能喝。

（8）台地茶冒充古树茶。这种方式在明眼人看来，非常拙劣。台地茶产量大，古树茶产量低但价格高，为了多卖些钱，有些商家会将台地茶说成古树茶来蒙骗那些不懂茶的顾客。

记者在产地了解到，一般茶叶的批发价仅为几十元（每斤），根据质量、产地及年份的不同，批发价从几十元（每斤）到几百元（每斤）的价格都有。但是到了销售区，茶叶的价格就开始变"乱"，以年份定价似乎成为固定标准。这样还不算，在北京许多茶店乃至批发市场，一些仅有年份但茶叶质量一般的茶叶都敢标出"千元/饼"等高价格来卖，上万元一块的茶饼也不少见。不是说普洱茶卖不到这个价格，但能到此价位的都是优质陈年普洱茶，而这样的茶数量非常稀少。

据业内人士介绍，2000年以来，六大茶山原料全部加起来不过100多吨，再经过加工可能只有几十吨。最近云南的某些大集团号称自己年产量1000吨以上，而且打着易武、六大茶山旗号，很多购茶者以为实力强就是好茶，结果买了以后一喝又苦又涩。

"不是所有的普洱茶都是正宗的。"张一元茶叶公司董事长王秀兰说，虽然北京市面上的普洱茶都是真普洱茶，但是却存在明显的优劣之分，正宗的普洱茶对产地有着严格的要求，优质茶通过合理存放，经过几年乃至几十年的自然发酵后，其汤色、口感、香气都有上佳表现，劣质茶虽然也能喝，但却不能随着时间的推移而成为优质陈茶。

收藏普洱茶，前提是选择好产地，选择好原料，以及好的陈放条件，只有解决这三条才能收藏。据业内人士介绍，普洱茶的升值幅度为每年增长25%。举例来说，一年的生茶如果当年卖100元/饼，第二年就能卖到125元，依此类推（但也需要看其存放条件，因储藏条件不好而导致茶叶霉烂，就不值钱了）。

普洱茶市场为何这么混乱，其主要原因是没有标准。多位茶叶人士告诉记者，普洱茶的质量认证、质量鉴别没有统一标准。而价格部门对普洱茶的定价也无标准，即使有也很难执行。而一些黑心的商家利用北京市民不懂普洱茶的现状，盲目定价，于是一个个天价普洱茶的神话接连产生。

通过对专家的采访，记者获得了多数市民对普洱茶认识的三大误区。

并非越陈的茶越好喝

业内专家解释说，陈年普洱茶确实比新茶好喝，但这却不是绝对的，作为发酵型紧压茶，普洱茶的香气需要经过一段时间的发酵作用才会散发出来，经过合理存放的老茶和新茶相比，涩口的感觉会减少、消失，取而代之的是醇厚的浓香，颜色也由原来不透亮的黄色变成透亮的红色（生茶饼）；而有些熟茶虽然经过人为加工，在短时间内迅速人工发酵，其涩口味道虽有降低，但毕竟与自然发酵不能相比，其颜色、口感都有差别。

"并非越陈越好喝"主要限定了保存条件，普洱茶具有吸附性，如果在保存条件中和有异味的物品同时存放，茶叶内自然会充有异味，因此其口感会大打折扣，就算20年、30年甚至50年的陈年普洱茶饼，如果存放不当，其口感甚至还不如合理存放三四年的茶饼。

并非越贵的茶越好喝

普洱茶的质量主要受销售环节的影响，如果不具备挑选普洱茶的基本知识，高价买来的茶饼可能是劣质茶饼。不是所有老茶都具有收藏价值，应该从茶叶的原料、保存状况来考虑，具有收藏价值的茶叶必须是上等的毛茶，内外一致无拼配，再加上合理的发酵条件，才会具有收藏价值。而收藏价值的最大体现，主要是其自然发酵的过程中，口感、汤色、香气等综合内质的一种变化过程。

专家表示，普洱茶的好坏，从表面是看不出来的，必须通过喝、品、比较才能区别出来。即使再有经验的茶客，也不具备鉴别茶饼年代的能力，尤其是10年以上的老茶饼，因为时间越长，其发酵速度越慢，20年和两三年的茶饼是很难用肉眼加以区别的。

并非只有普洱产的茶好

按照最严格的地域划定标准，并非云南产的普洱都能称为"普洱"，真正好的普洱茶产地除了历史上的六大茶山外，还包括普洱市及勐海、景迈、景谷地区、并且易武、班章的茶也不错。

业内人士认为，从产地来划分，勐海地区的普洱（熟茶）质量都很好，这与当地的水源有一定关系。经业内人士考证，勐海地区的熟茶都很好喝，而普洱（生茶）质量最好的地区有三处：一是普洱市一带，二是景迈和景谷的大白茶，三是易武、班章的普洱茶，这些地区的生茶和熟茶质量均好，但其价格却最贵。

至于很多茶商标榜的"古树茶"说法，普洱市的一位古茶树专家告诉记者，云南现存的古茶树并不多（历史原因被砍掉许多），其产量也不高。而古树也已经得到政府保护，因此不可能会有大量古树茶，如果说有大量古树茶肯定是在炒作。

好普洱鉴定三原则

云南思茅市副市长关鼎禄曾介绍说，普洱茶有生茶、熟茶之分。普洱生茶的颜色接近绿茶，普洱熟茶的颜色是红黑色，并且发暗。普洱生茶闻起来有股清香，普洱熟茶有股陈香。最重要的是，普洱茶要品，冲泡后的茶一定是透明的，有油脂感，普洱生茶颜色是宝石红，普洱熟茶颜色是栗子色。消费者可以通过望、闻、品等简单的方式鉴别普洱茶。

也有业内人士指出，鉴别普洱茶，要查外形，看汤色，观叶底，品滋味。原产地的原材料在原地加工（正宗论），即"好茶三原则"。

普洱茶价格波动分析

"普洱茶热"的出现有多种原因，其中重要的一条是市场需求。在市场经济条件下，任何一种商品的价格都不会是一成不变的。但为什么普洱茶的价格由低走高后，短期内又会向下大幅波动呢？我们分析，有以下几方面的成因：

供求变化　由于一段时间普洱茶价格持续高涨，大多数普洱茶并未进入实际消费，而是囤积在炒家或藏家手中。大量的存货在特定的时期释放出来，必然会增加市场供给，导致价格下跌。

原料返流　按云南地方标准，普洱茶的原料仅限于云南大叶种茶，但有关信息表明，目前有大量非云南出产的茶叶原料进入云南，然后以普洱茶的名义行销全国。甚至在一些省区，已有当地自产的"普洱茶"出现。市场上，一些采用非传统工艺制作的普洱茶也影响了普洱茶的价格。

功效质疑　对普洱茶的一些尚未经过科学验证或正在研究中的保健功效，有些人过度渲染，引起了人们质疑。有专家提问："普洱茶是茶还是药？"这样的质疑，应该引起重视。

投资质疑　上海体制改革研究所副所长汪胜洋提出，普洱茶收藏热中蕴含着风险："从一种消费品提升到一种投资品，比一般产品投资风险要大得多。现在普洱茶市场还有很多不确定的因素。"

此外，目前普洱茶价回调还有四个方面的原因：第一，每年5～7月是茶叶市场的传统淡季；第二，炒家资金抽逃。那些只想炒一把普洱茶的"短线"炒家，在回调前高位入市，由于他们对普洱茶市场了解不多，现在又想抽走资金赶股市的牛市，所以急于出手；第三，不排除有大炒家故意散布"崩盘论"消息，拉低价位后大量吸货；第四，大量掺杂、制假现象严重干扰了普洱茶市场的健康发展。

普洱茶价格调整，也不完全是不利消息，它也带来了三方面的好处：第一，将"短线"炒家逼出去。这一轮价格回调，会使不少"短线"炒家出局。第二，重新发现二三线茶厂的价值。这轮价格最大回调主要集中在个别大的制茶企业，而二三线茶厂的价格仍稳中有升，说明市场仍有较大需求，也使这些厂家的价值正在被市场重新发现。第三，有助于形成稳固合理的价格体系。不少二三线茶厂的产品品质也非常好，但由于多种原因，价格只相当于某些品牌的三成，甚至更低。这次普洱茶价格的一降一升，有利于形成更趋合理的价格体系，夯实市场基础。

从"短线"看，普洱茶的价格走势的确存在不利因素，但分析"长线"，我们充满信心。先看国际市场，由于欧盟、日本实行严格的茶叶进口管制，在农残标准方面，对进口茶叶的壁垒更严、门槛更高。日本发布了"肯定列表制度"，对各类茶叶设置了统一的农残限量标准，农残超标的茶叶产品被挡在绿色门槛之外。另外，汇率变化也提高了茶叶的出口成本。再看国内市场，茶树无性系良种发展较快，近几年新开发的茶园将陆续投产，有的已经进入丰产期，产量增加带来的压力将会更加严峻。但是我们同时也要看到，有四种力量将会促使普洱茶价格回暖：一是零售。终端消费者经过冷静观望市场价位和产品品质后，理性的消费将带动市场回暖；二是批发商。只要有消费者需求，批发商就会进货出货；三是长线投资者。经过一段时间的价格调整后，长线投资者会重新"建仓"；四是拥有巨资的投资商。在权衡多种投资产品、投资价位、投资时机后，这些投资商会重新收货。

忧虑的普洱茶

2007年5月以来，广东茶市场普洱茶的价格出现了大幅跳水情况，不少产品价格明显地下降。一直被媒体担心的普洱茶崩盘是否出现了呢？记者采访了众多涉市者，他们虽然对市场仍然充满信心，但是记者

在采访时仍然发现，以广州芳村为中心的广东茶市，其普洱茶成交量大幅下降，用茶行业内行话来说就是："现在没有接盘了！"对于目前普洱茶市场的情况，云南民族茶文化研究会的一位负责人表示：普洱茶并未崩盘，市场调整反映市场日趋成熟。

广东是普洱茶最主要的内销地之一，从2005年开始，广东的茶叶市场便呈现一派车水马龙的繁华景象。在普洱茶出现价格下跌后，记者连续走访芳村茶叶市场、南方茶叶市场、佛山市凯民茶博城等普洱茶市场，发现市场内确实没有以前那样热闹了，甚至可以用萧条二字来形容。据记者的调查发现，现在各方普洱茶的价格大约下降了30%～50%。

一位普洱茶老炒家告诉本报记者："在目前的市场情势，朋友中有人在抛售库存的茶叶，不过，我不会抛茶，毕竟很长一段时间都在说普洱茶价格要跳水，要以不变应万变呀，要炒茶就要有抗市场波动压力的心理，话说回来，在这种情况下我是不会再增加进货了。"确实现在有

相当部分商家既不愿售货，也不愿进货。因为大厂的茶叶价格都呈下跌趋势，只有部分小厂的茶叶在涨价，前景还不确定，大家都在持"茶"观望。

记者以收茶者的身份来到广州芳村南方茶叶市场一家茶叶店询问大益和下关的新茶价格，茶叶店老板说："大益7542每件14 000元，下关的8653茶饼现在是80元左右！""这么贵啊，能不能便宜点！"记者试图与店家讨价还价，店家表示："这个价格已经很低啦，如果是'五一'前，大益每件要22 000元，而且不是人人都可以买到。""半个月跌了8000元？那你不是亏了很多吗？"记者继续追问。店家无奈地说："现在太多人想将自己手里的货放出去，价格已持续下跌一段时间了。"

对于目前普洱茶价格的大幅下调，有专家表示：普洱茶由于有别于其他品种茶叶的诸多独特性在近几年被深度挖掘并广为宣传，在我国云南、台湾、香港、广东、北京等地形成了一股声势浩大的普洱热潮，普洱茶消费者呈现几何增长态势，把普洱茶的价格推向新高。

从经济学原理来讲，普洱茶作为一种普通商品，其价格的决定完全依靠市场规律，当供大于求的时候，价格降低，当供小于求的时候，价格升高。目前普洱价格高的原因也不会脱离此规律。但从长久趋势来看，普洱茶的价格必然不可能像艺术品，甚至不可能像紫砂壶一样一路呈现上涨趋势，原因在于：

（1）作为一般商品，普洱茶没有稀缺性特点，茶叶年年生长、茶园年年扩大，"物以稀为贵"，普洱茶不符合这个原理，珍贵艺术品之所以总能爆出天价，就是因为稀少，紫砂壶之所以能不断升值，是因为紫砂作为一种不可再生的矿产资源，经过数百年的开采，存量越来越少，而普洱茶只会越种越多。

（2）普洱茶加工进入门槛低。生产普洱茶并不需要高深的技术，只要一台设备，收来茶青，即可加工，投入不过几万元的事情。在竞争比较激烈的市场，由于资本的逐利性，需求的迅速扩大导致供不应求从而可以赚取超额利润的状态不可能长期持续。

（3）目前炒作卖茶，人为提高茶价的现象，将随着普洱茶知识的普及和普洱茶消费者的日益成熟而渐渐失去市场。

因此，从上述趋势看，普洱茶价格不会大幅脱离其价值一路飙涨，必然会回归，但总体上由于经济发展、成本提高会在一定范围内合理上涨。

从2006年开始，国内的股市行情大好，指数一路高歌，疯狂的利好消息刺激着民间资本的大量流入，导致证券交易所里每天都挤满了前来开户的新股民和新基民，很多对金融市场一无所知的人也拿出多年的积蓄毅然投身股市。

这种疯狂现象对熟悉茶市场的人来说是否似曾相识？从2006年起"普洱茶市"疯狂一说开始见诸报端，以前老人茶、低价茶的普洱茶一下子被推到了市场的最顶点，某些茶叶的价格一年内疯长了超过百倍，一年的成交量也超过过去的10年。以前从事建材、造纸、贸易……的商人纷纷将资金投入到开设普洱茶厂上。

除了大批人去云南开厂外，更多的人成为了普洱茶行业的大小庄家。庄家就是控制着主流普洱茶品牌价格的人，坊间传言在广州一共有十几位大"庄家"，只要某品牌的货运向广州，厂家就会给"庄家"发去一纸传真，"庄家"只需告诉接货家自己有多少货、价格是多少，就会有人愿意要这批货，行业暴利可见一斑。还有不少买家走了很多"关系"才能获得心仪的货物，因此说普洱茶疯狂也并非是无中生有！

就目前来讲普洱茶还是一个农产品。农产品的特点就是地域性很强，其产品品质会受到自然条件的很大影响，而且这些影响对目前的普洱茶来说还没法消除。因为，普洱茶的制作很大一部分是继承传统工艺的，和现代工业产品相比，普洱茶可以说是一个"初级加工产品"。而"初级加工产品"的原料特性基本上决定了产品质量。所以这些原因造成了普洱茶产品不可能有质量延续性。比如都是春茶，由于天气的影响，2007年的普洱茶与2006年的普洱的品质就会不同，甚至会有很大差别，这种差别会在厂家创建产品品牌时造成一些问题，如果一个品牌的产品每年的品质都有很大的差别，那么就会影响消费者信任。即使一个地方的气候变化对普洱茶青品质的影响很小，但这个地方的茶青产量毕竟有限，如果市场扩大了，就必须到其他地方收购茶青，由于此地茶青与彼地的茶青存在差别，这时品牌的麻烦就来了，因为不可能一个品牌的普洱茶具有几种品质。

但如果不做品牌，市场的混乱就可想而知了，这也是当前普洱茶乱象的根本原因。

从现在的普洱茶市场来看，做市场与做品牌的选择还是向市场倾斜比较务实，但是我们不能忽视品牌的打造。一个正面的例子就是勐海茶厂的"大益牌"普洱茶品牌的成功，这很值得其他企业参考。为什么是参考？因为勐海茶厂在市场上已经有几十年的历史，本身已经在市场上具有很大的影响力，"大益牌"的成功其实还是"勐海"厂的成功，而"勐海"的成功依靠的是其独有的在消费者中积淀的影响力。目前很多普洱茶企业都只有几年的历史，10年的都很少，在历史积淀上明显不能与"勐海"相比。

从当前消费者的特点和市场发展来看，品牌的建设首先要突出连续性，在对消费者进行宣传时，应该从茶品牌着手。当前的普洱茶有一种现象，就是在宣传时，很大一部分是强调茶的产地、茶青来源，或者乔木、野生等茶树的特点，所以也就造成了市场上遍地都是野生茶，大家都是乔木大叶种，或者茶青都是什么山头，至于茶是哪里产的，是什么品牌，往往成为附加。这不仅让消费者优劣难辨，容易造成市场混乱，而且很不利于品牌的发展。

从对一些厂商的走访中来看，在可预见的未来，普洱茶市场还有很大成长空间。但随着普洱茶QS认证工作的展开，市场将会有一个拨乱反正的过程，其作用还有待观察。只有期待我们的普洱茶在市场的洗礼中完善自己的内涵，去迎接一个更大市场。

当一种物品超越理性，被神乎其神地渲染成"神品"的时候，当这种物品形成的行业因为狂热而非常态聚集的时候，社会各界应该及时做出积极的反思，付诸具体的行动加以必要的引导，促使"疯狂"参与心态的行业聚集来一次理性的转身，使之回归到理性发展的渠道。

促使"疯狂"的普洱茶实现理性转身，需要从两个方面着手：第一，动用各种方式引导和教育公众，使他们明晰普洱茶作为一种茶叶品种本身具有的功效和价值，让公众全方位地了解普洱茶市场的实际情况。不疯狂地追风购买，也不盲目投资"据为奇货"，更不要武断地相信普洱茶具有因为存储年代而产生的利润增值空间是一种必然，要使普洱茶市场在公众认知层面回归理性；第二，有关政府部门在普洱茶生产和销售上，要进行必要的严格的管理。仅仅把产品推销出去，赚取和赢得知名度，不管后期管理和规范的做法，在蜂拥而至的非理性的狂热追捧下，"品牌效应"必然会成为脆弱的"泡沫"经济，经不起时间的考验和洗礼。

从某种意义上说，促使"疯狂"的普洱茶实现理性转身的过程中，政府应该扮演和担当起"主角"。原因很简单，在维护和保持区域品牌经济的时候，品牌质量的保证、特色的保存，对传统作坊式生产和经营方式的统一规范和管理，先进生产技术的引进与更新，对知名品牌企业的扶持和监管等，都将影响和决定到区域经济的健全和理性发展。从这个角度上讲，促使"疯狂"的普洱茶实现理性转身，更是区域范围内政府和公众对自身区域经济的理性"自我"负责了。

现实版"疯狂的石头"：
玩石价几何

　　一块石头经过机器切割，如果发现里面是上好的翡翠，那就赚了大钱，如果这块石头切开后，除了石头本身什么都没有，那所有的钱都打了水漂。在一个玉料开石场里，一个开石工人正在剖开一块巨大的赌石，赌石的主人生平头一次参加这样的活动，要眼力没眼力，要经验没经验的他这次却把所有的积蓄都押上了……"疯子买、疯子卖、另一个疯子在等待，三个疯子想发财。一刀切下是灰白，三个疯子哭起来；一刀切下是绿白，三个疯子笑起来；一刀切下是满绿，没有白，三个疯子打起来。"这首风趣幽默的小诗，是圈里人对赌石行当真实状态的最贴切表述。在北京一家珠宝交易中心，就有一批这样的石头，以10万元左右的高价出手。十几万买块石头，真不知道是买的人疯了，还是卖的人疯了。

神仙难断寸玉

那么赌石到底是怎么回事，一块看似普通的石头究竟施展了怎样的魔法，让人徘徊在乞丐和富豪之间呢？

所谓赌石，就是翡翠原石买卖中一种特有、神秘的交易方式，它的神秘就在于"赌"字上。一般仅从外表并不能一眼看出翡翠原石的"庐山"真面目。即使在科学发达的今天，也没有一种仪器能通过这层外壳很快判断出其内在是"宝玉"还是"败絮"，因而买卖风险很大，也很"刺激"。赌石人凭着自己的经验，估算出价格。买回来一刀剖开，里边可能色好水足，顿时价值成百上千万，也有可能里边无色无水，瞬间变得一文不值，这就是赌石的风险。一块石头可能使人暴富，也可能使人一夜之间倾家荡产。

大型的赌石交易分为两种竞标方式，一种是暗标，另一种是明标。暗标就是买家各自写好价格，投到竞标箱中，几天后，卖家会在买家中挑出价格最高的竞标人，达成交易。而明标则是买家现场轮番加价，价高者得。小型、私下的翡翠毛料交易，往往是一方漫天要价，一方坐地还钱，双方全凭眼光和耐心斗智斗勇。

在中国历史上，最著名的一块赌石是"和氏璧"。相传在2000年前的楚国，一位叫卞和的人发现了一块玉原石，认定其中必有惊天宝玉，先后拿出来献给楚国的两位国君，两位国君以为受骗，先后砍去了他的左右脚。卞和抱着玉原石在楚山上哭了三天三夜。后来楚文王知道了，他请玉工切开外面包裹的石头，结果得到了一块宝玉，就是和氏璧。后来和氏璧被赵惠文王所拥有，秦昭王答应用15座城池来换这块璧玉，可见其价值之高。再后来，秦始皇将和氏璧雕成了传国玉玺。

"和氏璧"是白玉，而翡翠的美名其实是近代以后的事情。在清乾隆以前，翡翠都不被视作玉的正宗，只有白玉才享有真玉的美名。清乾隆以后，由于王公贵族的喜爱，翡翠作为奢侈品真正获得发展和推崇，并逐渐取代白玉，以其神秘、稀有和奢华的特质成为真正的"玉中之王"。清末的慈禧太后是非常喜欢翡翠的人，各种翡翠首饰不计其数，因此，翡翠在当时大走红运。

自清代后期，翡翠的价值得到公认，市场价格获得传奇般提升，而它的传奇性，也同样表现在翡翠交易至今犹存的交易方式上。

2006年10月14日，"北京秋季赌石文化节"拉开帷幕，又给了我们一次了解赌石的机会。

离10点开始的赌石大会还有半个钟头，北京爱家收藏品交流市场门前已经熙熙攘攘。一旁的停车场不断地涌进"坐骑"，多数是尼桑、奔驰、丰田。车上下来的人大多有一个特点，他们或手中拎着个大袋子，或斜肩背着个挎包，里面鼓鼓囊囊。

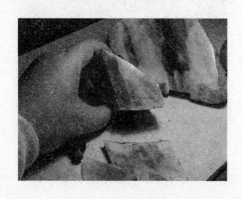

蒋玉（化名）是这个行当的新手。爱家收藏品交流市场召开夏季赌石大会时，他懵懵懂懂地连切了9块石头，从此便爱上了这个行当。

蒋玉是个有闲钱的老板。"那个时候我一点都不懂，完全凭运气开了块石头，结果发现别有洞天。"说这话时，蒋玉脸上多少露出了几分自豪。蒋玉开的第一块石，是他用1万元参与无底价竞拍的收获。让他没有想到的是，那块看似不起眼的黑钨砂，一刀下去便切出了春带彩（紫色加绿色）。业内人士当场给出的估价是30万。

第一轮切石的成功极大地刺激了蒋玉。接下来的几天，他又是看书，又是向行家请教，连选了8块石头。结果只有两块赔了，其余全部是切涨的。

赚钱了，也有下家要买。但蒋玉没卖。蒋玉说："赌石是有学问的，我打算多了解了解再出手。"

在爱家市场的一间商铺里，记者遇见了一位"大腕"。据说，这位名叫王云（化名）的老板来自云南边境，世代做赌石生意。

那是爱家秋季赌石大会进行到最关键的时候，外面一台切割机正切着一块7.8公斤重的红蜡皮赌石。这个赌石的买者正是王云。35分钟过去了，负责切割的师傅跑进来。"两条羊绿色带，水很长，怎么也值30万，切涨了！"

听了这话，坐在沙发上悠闲品茶的王云微抬了下头，道了声"不错。"这块石头是王云花2万元买来的，切涨在他的预料之中。

王云身着一件宽大而普通的白色体恤，单从穿着上看，一点儿也看不出是位身价不菲的老板。可周围人说，他常在缅甸各场口转悠，据说可以看出每块石头的出产地。

即使这样，王云依然不敢下定论，他说至今为止，没有任何一个人或是仪器能够完全辨别赌石的内涵。"它们表皮相似，内部结构却千变万化。"

"那些拿血本去赌石的人，是完全错误的。"王云认为，赌石发展到今天，尤其是发展到北京这个有着深远文化内涵的城市后，不再应该是赚钱的象征，做玉如同做人，消费者应该在了解基本的常识后再去理性投资。

在赌石这个圈子里，基本只说成功的，很少有人说失败的。或许是因为成功的故事别人都知道，而失败的则无人提及。当然也不排除失败者希望有更多的人进入这个市场，所以总是努力给人一种永远乐观的期望。

宋兴春在自己16年的赌石经历中，就有过欢喜有过惨痛。

第一刀下去也许什么都没有，第二刀下去也许满眼是绿。同样，第一刀下去可能是绿，但第二刀下去却什么也没有，最后一无所得。

有一次宋兴春和他的朋友一起去云南瑞丽。花1000美元从缅甸人手中买了块三角形的4.5公斤重的石头。从表面上看，属于黑乌砂皮，一般认为是可以出高绿的。但切开一看里面是白的，什么都没有。

当时他和他的朋友都很生气，认为赌垮了。行话中所谓赌垮就是赌输了，反之就是赌涨了。

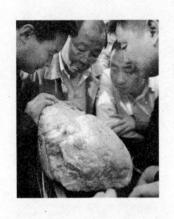

"看到我们的表情，当时旁边有人问我卖不卖？我们当时觉得既然垮了就原价卖出算了，结果人家付了钱当着我们的面就从大头切开。我们是从小头切开的，人家从大头切开一个0.8公分的口子后，马上就出高绿了。"

这让宋兴春和他的朋友心中很不是滋味，他们打算买回来。但对方已经低于10万元不谈。好说歹说，宋兴春他们总算以8万元买了回来。

"我们买回来后还是很兴奋，当场有一行家，他立马翻了5倍，40万元人民币买走了这块石头。据说，后来人家从这块石头里加工出一个手镯，价值180多万，而整个石头的价值，估计有800多万。"说到这里，宋兴春还是觉得有点遗憾，"几百万就这样从我们身边溜走了。"

还有一次，他们4个人花了36万元买了块7.5公斤石头，回来后和很多专家探讨，专家说不切，兴许还能卖到40多万，但宋兴春忍不住还是切开一看，结果大失所望，玉薄得像竹叶一样，什么都不能做，36万的石头一文不值。

翡翠带给赌石人的，有一夜暴富的激情，也有两手空空的迷乱。在云南腾冲街头就有一个疯子，他的手总是不断地切啊切啊。人们都说，赌石总是一个疯子在买，另一个疯子在卖，还有一个疯子在等待。而腾冲这个姓崔的疯子确实是因为赌石而疯掉的。

腾冲本身就是一个赌石历史久远的地方，这个姓崔的人原来是开饭店的，赚了些钱。因为生长在腾冲，耳濡目染受到环境的影响，自己也想赌一把。不过他平生只赌了一次，以后就再也没有机会了。

那一次，他最初看到一个缅甸人手上有一块石头，很多专家和行家都在争那块石头，不管从什么角度看，那都是一块好石。当有人叫价

600万时，他偷偷跑到那个缅甸人旁边，说我给你800多万，你不要再叫了。他把自己所有的家产，包括房子、饭店、存款等都抵押上去买下这块石头。

一般行家在切赌石时自己不会去看，因为不管是大赚还是大亏，害怕心理承受不了。而那个姓崔的却看着工匠切下第一刀，没有。再切一刀，还是没有。最后全部切了也都是石头，当时他就疯了。

北京爱家赌石俱乐部主任秦郑早年做珠宝生意，时至今日已19个年头。秦郑跑过缅甸的场口，参与过真正的赌石，也在广东开过加工厂当过老板。

"前沿赌石是一堆一堆卖的，几百万一堆。它可能使你一夜暴富，也可能让你瞬间一无所有。"在秦郑眼里，那样的赌石是商人之间的交易，在缅甸、在我国广东、云南，比比皆是。

但北京不同。北京的赌石氛围刚刚起步。2005年10月，北京成立了第一家赌石俱乐部。紧接着，由爱家收藏品交流市场发起的北京第一届赌石大会走进了人们的视野。秦郑说，赌石俱乐部吸纳的是一些喜欢翡翠，愿意宣传翡翠文化的人。

对于人们如何赌石这个问题，王云认为，赌石既要靠运气，也要靠经验。赌石最好的时间应该是在上午9点到下午3点。并且最好在阳光充足的情况下看。

原石分为三层结构，最外层是风化的外壳，称为皮，由于所埋地不同，皮质也不同。外层内有一层内皮，又叫雾，或者"湖"。内皮里就是玉的本质，俗称"肉"。

赌石常常是以赌色为主，赌正色。此外，还有赌种的，种要好，种要老，种要活；赌地张的，就是赌其地张细密，有水，干净；还有赌裂、赌雾、赌是否有癣的。绿色的多少和色质的好坏决定着翡翠的品质和价值。因此，要注意通过观察砾石内部绿色部分在表皮上显露的种种迹象，推断其内部绿色的状况。绿色的多少，与绿色部分的形态和分布特点有关。

翡翠中的绿色部分以呈团状和条带状集中分布者较有价值。这样的绿色显露于表皮时往往也呈团状或线状，有时也会呈片状。除了观皮辨里、辨色外，在评估翡翠原料时，还要注意查看裂纹的发育情况。裂纹当然越少越好。

疯狂的石头在腾冲

虽然行话说："十赌九败。"可这并不妨碍赌石人前赴后继千金搏一回。赌石业的兴旺与中国内地近年对翡翠的旺盛需求密切相关。进入20世纪90年代后期，经过原始积累后，人们的消费需求越来越成熟，作为中国传统文化的代表，寓意平安健康的翡翠进入人们的收藏与投资视野，拥有一件高档翡翠成为身份的象征。在香港佳士得拍卖会上，上等的翡翠珠链动辄拍出上千万的高价，品质一般的翡翠手镯也能拍到几十万。

目前缅甸是全球唯一的优质翡翠矿产地，而上等翡翠只产在缅甸北部密支那一带几十平方公里的范围。与黄金、钻石等其他奢侈品相比，优质翡翠由于产地的唯一性、成矿的复杂性、极为缓慢的再生性、产量的不确定性，更加具有收藏价值。与此同时，历经了上千年的开采，优质翡翠原石已日渐稀少，缅甸最大的翡翠产区帕敢的产量连年下降，以前有2000多家公司在这里开采翡翠，如今只剩5家了。帕敢的矿脉已经挖到第4层，不知道什么时候会枯竭。出产的翡翠矿石中，能达到参加赌石标准的不到万分之一。

由于原料的日益匮乏和需求的日益旺盛，翡翠从20世纪90年代开始进入新一轮上升周期，每4年翡翠的价格都会翻一番，从2005年底到2006年中期仅半年时间，国内翡翠原料价格上涨了50%。而2007年1月至7月，国内翡翠原料的价格上涨了40%。业内人士判断，从目前缅甸翡翠原料日益减少的现状看，未来翡翠原料和成品价格将继续走高，每年保持30%以上的增长速度基本没有问题。

由于价格上涨迅猛，翡翠市场吸引了大批的投资者。在缅甸首都仰光每年两次的赌石大会上，充斥着来自我国台湾、香港和广东、北京等地的玉石商人。在内地著名的翡翠毛料集散地和赌石市场广东平洲，以及云南的瑞丽、阳美、盈江、腾冲等地的翡翠毛料市场，到处是渴望发财的眼神。

600年前，幸运的腾冲人意外地发现了隐藏在一种石头里的秘密。从那时起，这些一块块貌不惊人的石头里就裹藏了一批又一批人的希望与梦想。一个个关于财富、事业、道德、家庭甚至生命的传奇故事因为石头而流传不息；一代代人梦想着有朝一日能够成为这些故事中辉煌的主角。在这场失败远远大于成功的博弈中，想窥探石头里秘密的人，却只有极少数能在惊鸿一瞥后，脸上依然留有灿烂的笑容。

赌石表面上赌的是石头里那些似是而非的翡翠宝石，但就是因为这关键的似是而非，赌石赌的其实是赌石人的身家性命，"一刀穷，一刀富，一刀穿麻衣。"19世纪末，入侵缅甸的英国人把他们怎么也琢磨不透的翡翠矿石敬畏地称为"东方魔石"！

又一个百年过去了，魔石魔力不减，一个个关于赌石、关于翡翠的故事仍在不断上演……

一刀切掉了50万，一块石头开启了一个噩梦。

年逾50岁的胡续建和所有的普通中年男人一样，每天为了家庭奔波于昆明这座城市的大街小巷。"现在，看石头纯粹是我的个人爱好。"忙碌了一天的胡续建坐在家里，显得平静而无欲无求。要不是胡家角落里散落的几本翡翠专业书，任何人也不会把老胡和赌石、翡翠拉上关系。而事实上，胡续建一生的希望几乎都在一块小小的石头上。赌石成为老胡心中挥之不去的隐痛。

从卧室走出来的老胡手上多了一块表面有些乌黑的石头，拳头大小的石头已被切成大小不等的两块。通过剖面，可以清楚地看到，乌黑的表皮里面是一片花白色中夹杂着点点星绿。

"这块石头，让我告别了翡翠行业！"老胡多少有些黯然。老胡用手在石头的切面上抹上清水。随后，拿起一把手电筒，把光束打在了石头上，在光的照射下，石头的切面没有任何变化，还是一片花白。"如果我现在告诉你，这石头花了我50万，你一定不信。"

11年前，老胡从一个缅甸人手里买下这块石头，当时，石头是完整的，并没有被切开。老胡认定石头里有货，自己可以靠它发家致富。东拼西凑的50万让老胡在背负了20多万元债务的同时，也成为石头的主人。但是，这也正是老胡噩梦的开始。

"买石头的时候，我看得非常仔细。以我当时的经验判断，这块石头肯定不一般。"交易很顺利，缅甸人开始要价80万，最后以50万成交。"我买的这块石头完全被皮壳包裹住，既没有切面，也没有开口。按照行话说，这就是一块标准的赌石。虽然风险很大，但是如过切开后赌涨了，利润也是相当可观的。"老胡的眼中微微有些放光。但是，事情并不是那么幸运。胡续建这次赌垮了。

"上午买的石头，我下午就解了（把翡翠原石切开）。"胡续建至今仍然清楚地记得解机（专门用来切翡翠原石的机器）在切石头时发出的轰鸣声。"那声音震得我的心直打颤。"

"切石头前，我还找了几个一起做翡翠的朋友研究了半天，决定这个石头应该从什么地方切。"十几分钟后，解机的轰鸣停了下来，掀开解机盖的那一刻，胡续建的手有些颤抖。"那时的感觉很复杂，不知道是因为害怕还是激动。"当看到切开的石头一片花白，玉薄得像竹叶一样时，胡续建当场呆住了。"最后是怎么回的昆明，我都不记得了，梦游一样。"赌垮了的老胡再也没敢碰过赌石，几年来，靠些小打小闹的生意，老胡好不容易才还清了债务。"神仙难断寸玉，一刀就切没了50万，我当时是彻底读懂了这句话的意思。"说这话的时候，胡续建有些激动。

腾冲工艺品厂是在"文革"末期1973年正式投产的，主要从事翡翠毛料的加工。由于当时并没有对外开放，加工翡翠的原料很难从产地缅甸运到腾冲。当时就靠埋在地下的边角料加工生产。在腾冲几百年的翡翠历史中，工匠们一直都只能生产最简单的手镯，这样一来，许多价值不菲的边角料就被随意地埋到了地下。按照现在的加工技术，这些以前的边角料里，有很多都是价值连城的翡翠原石。

因此腾冲可以说是一个遍地是翡翠的城市。在腾冲，只要碰到老建筑拆迁，就会有许多人到工地上挖掘，他们都希望能够找到先人们埋在地下的"边角料"。对这一情况已见怪不怪的腾冲县文化馆馆长段应宗说："因为大家都相信，地下的'边角料'有好货，所以在腾冲县城内拆旧房盖新房时，房主往往只会付给施工方一半的价钱，另一半则由地下可能挖到的翡翠来抵偿。这其实也是一种独特的赌石行为。"

腾冲县城距全球唯一的翡翠毛料产地缅甸国境线，只有80多公里距离，按照《徐霞客游记》记载，从明朝开始，腾冲已经成为缅甸翡翠交易的中转站，那时起，腾密路、腾八路成为缅甸翡翠毛料运往中国的要道，在腾冲交易后再运往世界各地的交易市场。云南解放后，持续几百年的翡翠交易戛然而止。

由于赌石表面一般都有一层风化皮壳遮挡，看不到内部情况，人们只能根据皮壳特征和人工在局部开口，来推断赌石内部有无上等翡翠。这就使得翡翠原料交易中，对翡翠原料品质鉴别成为一件颇为困难的事，而且带有很多悬秘意味。"我看了那么多年的石头，对一块完全没有开解的石头也没有百分之百的把握。原料石头究竟有没有上等的翡翠，没有任何科学仪器可以检测出来。所以说神仙难断寸玉。"对赌石持反对态度的一位人士也相信赌石确实可以使人一夜暴富，但他却觉得这样的几率实在太小。"要买好的赌石，你必须拥有很强的经济实力，而且要到缅甸的矿山上直接购买。运到腾冲还没开解过的石头中几乎不可能有什么上等货了。它们的赌性都太大了。"这位人士同时指出，矿山上的相玉师傅天天在和石头打交道，"有内容"的石头几乎不可能逃过他们的眼睛，所以在腾冲或者说在缅甸以外的地区，要找到廉价而高品质的翡翠原石基本不可能。

在腾冲，绝大多数买主卖主都懂毛料，双方最后商定的价格很合理，知道买块毛料能怎样处理，能获得多少利润。翡翠从挖掘到最后制成成品是条流水线，这条流水线的每一环节能获取多少利润都是相对明确的，谁都有机会致富，但都不会像传闻中那样暴富。

欲重拾辉煌的腾冲翡翠交易

在腾冲，参与纯粹"赌货"交易的人越来越少，其实还有着更深层次的原因。2000年起，缅甸政府对翡翠矿石的控制拍卖，让财大气粗的广东老板几乎控制了翡翠的源头。腾冲的翡翠商人在悄然无息中沦为整个翡翠交易链条中的配角。

20世纪70年代，中央出台了发展对外贸易政策，腾冲的玉石毛料生意开始重新繁荣起来。在那以后的几十年里，腾冲扮演起全球翡翠交易集散地的重要角色，那时是腾冲翡翠行业的春天。但是，1996年，缅甸政府宣布准许私人进行翡翠原石交易后，堵住了缅甸商人边境走私的通道，翡翠交易大多数回到缅甸本地进行。我国的买家不用再像20世纪90年代初的广东人一样，先坐飞机到昆明，由昆明倒夜班车到大理，再从大理搭一天的车到保山，这样费尽周折才能进行一次原料的买卖了，他们可以直接飞到原料产地缅甸的瓦城。这成为腾冲翡翠交易冬天的开始。

2000年以后石头几乎是被"抢"走的。那时，缅甸翡翠还是走陆路运输到腾冲，那还是腾冲翡翠毛料交易的黄金时代，海关的门口，停满了我国香港、广东商人的车，他们在海关等待着从缅甸运来的毛料，毛料刚一到关，大家就争先恐后地认购一块块石头。石头都是一堆一堆地交易，在价格上你只要稍微犹豫一下，机会就被别的买家抢走。当时来腾冲买石头的广东商人与其说是在买，还不如说是抢。

从2000年开始，缅甸政府加强了对本国翡翠毛料的控制，毛料不再从腾冲出口，而是直接在仰光拍卖出售，参加过拍卖的腾冲老板很快发现，那里已经不是腾冲商人的天下，"石头不单个出售，而是一堆一堆整体拍卖，每堆起价5万欧元"。于是本钱小的腾冲商人根本不敢上前，站在前面举牌的是广东、香港的老板。他们或者直接去缅甸仰光，或者去我国广州附近的毛料市场，"最好的翡翠原料已经很难在腾冲看到了"。

刘祖光是腾冲外贸公司下设一家翡翠毛料交易公司的老总，在他公司的一间会客室里，稀疏地坐着几个当地人，在沙发上打牌，"他们都有毛料放在我这里代售，整天过来等客户"。

目前来腾冲的毛料都是靠私下关系从缅甸的矿山直接运来的，"在缅甸境内算是走私，运到中国再报关，打上编号，成为合法的进口商品，所以一路上运输价格很高"。1公斤毛料运输价格由最初的几元钱，涨到现在的200元，刘祖光说，算上运输费，再加上33%的关税，真觉得生意做不下去了。

在刘祖光的公司里有几间教室大小的仓库，基本都已经开了口和切了面的毛料随意地堆在地上，每堆毛料的旁边都有一盆清水和一盏台灯。"这是用来给客户看石头的时候用的。"看守仓库的保管员解释说。紧靠着仓库的墙壁边有一排铁制的文件柜。"柜子里也是摆放毛料的，里面的毛料价格要相对高一些。但是很少有极品的石头，好的石头几乎都到了广东和香港。"刘祖光有些无奈。

面对严峻的形式，2007年10月中旬，腾冲县人民政府下发了《关于成立腾冲县翡翠产业领导小组办公室的通知》，领导小组的成立，标志着腾冲翡翠产业结束了纯民间运作的历史。据腾冲县政府一相关人士介绍，政府方面已经有了初步的设想，这其中包括，准备修建一条直接通往缅甸矿场的跨国公路，目前，这条公路在中国境内的部分已经完工。以此相对应的，腾冲政府还希望能够在腾冲和缅甸交界的地方开放一个国家级口岸。以此来重整"翡翠第一城"。

已经有着久远历史的赌石业到底起源于何时，这个问题恐怕没有人能说清楚，但可以追溯到的最远的年代可能是春秋时期的和氏璧，卞和可谓拜石者的祖先。而今，从缅甸到我国云南再到内地广东，赌石市场已越来越火暴，在财富梦想的刺激下，越来越多的热钱和人都聚集到这个行业。

缅甸赌石现场往往人满为患。一个地方的市场久了也就有了自己的一套独特规矩。缅甸的规矩是必须带现金。缅甸是一个军政国家，银行业不发达，在此赌石绝对不能赖账，也不能偷盗，不然就要剁手。此外，缅甸赌石不是明拍，而是暗标，卖主把石头放在中间，给每个人一个信封，各写各的价格，谁的价格高就卖给谁。

"那里很安静，不能凑头不能问，因为赌石就如赌命，不能有人打搅，要人家看完了才能换人看，规矩很严。"北京一家赌石俱乐部的负责人说道。

近几年，赌石市场的热点从云南转移到广东，广州已成为中国最大的翡翠玉市，广东平洲也成为国内最大的赌石市场。这里赌的基本都是开口的明料，而明拍看的就是谁口袋里的钞票多，因此其中所蕴涵的故事远不及中缅边境。

在玉石这个行业里，杨东琼已经有20多年的从业经历。她曾经在全国珠宝商会工作，后来开了自己的珠宝店。由于品质好的翡翠大多产自缅甸，在经营自己生意之初，她经常在缅甸参与赌石活动。她告诉记者："我有一个朋友，2003年，他是做房地产的，然后转行开始赌石，5000多万元的本钱，到2007年最后是欠债1000多万，最后等于就离开这个行业了，这种教训很多的。"

杨东琼说："我们现在好多消费者总是听到这个赌石开涨多少，那个赌石开涨多少，但是你记住，这只是告诉你开涨的，没有开涨的、开亏的，很多你们都不知道。"

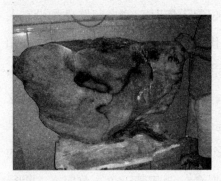

目前缅甸是全球唯一的优质翡翠矿产地，而上等翡翠只产在缅甸北部密支那一带几十平方公里的范围内。与黄金、钻石等其他奢侈品相比，优质翡翠由于产地的唯一性、成矿的复杂性、极为缓慢的再生性、产量的不确定性，更加具有收藏价值。

由于已经对翡翠有了很深入的研究，杨东琼在参与赌石的过程中没有特别惨痛的教训。对这个行当了解得越深入，她觉得其中的风险越大。"赌石我们现在赌得不太多，为什么呢，因为现在本身石头很贵，原料很贵，那么为了风险小一点，一般我们还是买原料。"现在，杨东琼更多的是选择直接购买玉石原料。按照她的说法，这种选择虽然不能带来超额利润，但也不会让她赔得血本无归。在采访的过程中，记者发现，绝大部分参与赌石的人，都或多或少交过学费。

北京七彩云南商贸有限公司副总经理罗静纯说："一般就是那儿有一块石头，它是被皮包裹的，我看上了，我可能会围着石头转，以前可能只有一两个人看上这块石头围着石头转，现在可能有十几个人，甚至更多的人看上这块石头围着石头转，那么自然而然，水涨船高，在这种情况下，毛石价格就上涨了。"

既然是赌，谁也没有必胜的把握，就连经验老到的行家，也难免有看走眼的时候，想在赌石上捡漏的可能性很小，因为对于外行来说，靠运气能赢的希望非常渺茫。赌石的火暴一方面说明了这种交易本身存在着巨大的利益诱惑，另一方面也印证了翡翠市场的火暴。如果你最近逛商场就会发现，现在卖翡翠的是越来越多了。

绿的翡翠，红的市场

电影《疯狂的石头》在全国热映，引起观众哄堂大笑。重庆工艺品厂厕所里偶然发现的一块翡翠，引来各路强人的搏杀。工厂方面期盼这块石头能救活企业，而江湖大盗则费尽心机要攫取它。这部颇具黑色幽默的影片，无情地嘲讽了故事中人。它以喜剧的形式，折射出当下无数中国人对财富的强烈渴望和丰富想象。那么，一块石头何以具有魔咒般的迷惑力？

简单地说，远古时先人以贝壳、兽骨、树枝装饰自己，生产力发展到一定水平后，具有了开采能力，中国人就"因地制宜"地玩起了玉，而欧洲人玩的是宝石和钻石。中国文明与玉的缘分是长久的，或者说玉见证了这种文明的产生与延续。早在公元前8000年的新石器时代中国人就开始玩了，河姆渡文化、马家浜文化、大汶口文化、红山文化、龙山文化、良渚文化一路玩到夏商周三代、春秋战国、汉唐宋和明清两代，然后是奔小康的今天，在时间上延续了一万年之久，在涉及面上几乎覆盖整个中国。再考察器物本身，则从祭祀通神的礼器到王公贵族的权力象征和佩饰、寻常百姓的避邪之物，越玩越精致，越玩文化内涵越深厚。在文物界还有人提出：除了石器时代、青铜时代、铁器时代以外，中国还应该存在一个贯穿时间更为漫长的玉器时代，这个观点在史学界得到了越来越多的认可。

一种器物，以文化的形态呈现，中国的玉文化是最经得起推敲的。比如最初的玉器已经出现了很高的美学形态，到了夏、商、周三代，从考古发现的遗存来看，文化内涵之丰富，制作之精美，器型之大气，绝对令人惊叹。特别是玉器的制作方法，至今还是令人着迷的文化之谜。在这种玉文化长久熏陶下的中国人，对玉器有着一种与生俱来的亲近感和崇拜冲动，更不要说痴迷于附着在玉文化上的种种信仰和神话了。再从人生境界来说，君子比德于玉是一种潇洒。而备受磨难的中国人还有一种不可动摇的信念："宁为玉碎，不为瓦全。"

"翡，赤羽雀也；翠，青羽雀也"。人们发现色彩美丽的硬玉，犹如翡翠鸟的羽毛故称翡翠，它是亿万年前就已生成的天物，特殊的地理环境、地质条件和历史背景构成了翡翠玉石文化的深厚渊源。

翡翠生在东方，被儒家文化看做是人美德的象征，成为崇玉、以玉为美的价值取向，它拥有湿润、柔和、含蓄深藏不露的人性美；谦承友善，坚韧的习性美；思欲信念美好的象征美。

翡翠通透莹润，其高贵的品质，艺术的价值、精神、生命力，向世人诠释着对绿色和平的渴望，对安详家园与绿意生命盛大景象的思念。

中国的玉文化源远流长，博大精深，人们的崇玉精神是东方文明具象的体现，是中国传统文化的重要组成部分，是人类不同种族、不同历史的共性文化。在经济高度发展、个性张扬的时代，翡翠的消费市场已由特殊群体消费转为大众消费，仅强调翡翠的收藏价值和观赏价值是远远不够的，我们应该捕捉新的元素注入传统的翡翠文化以满足更广大的大众消费需求。

北京菜市口百货商场，被称为中国黄金第一家。在这样一家以卖黄金著称的商场里，记者发现，商场的三层几乎整层楼都在卖翡翠等玉石类商品。

北京菜市口百货股份有限公司副总经理刘鸽说："我们调整后，更多的体现为专业化的经营，专业化的经营不是仅体现在中国黄金第一家，贵金属类产品的经营和销售，我们要在各个品类，都体现菜百公司是首饰专业化经营公司这个概念。"

这位负责人所说的调整，开始于2007年，调整前，这里只有四五个专柜出售翡翠。从2007年9月开始，翡翠等玉石类商品的经营面积占整个菜市口百货商场的近1/4。以卖黄金著称的菜百，拿这么大的地方经营翡翠，为什么呢？

刘鸽说："经营翡翠在我们这个营业卖场增长的比重非常大，因为2006年，包括2007年我们都是在以40%～50%的增长幅度，这只是石类消费单纯一个品类的增长。"

记者注意到，北京许多商场一层原先经营化妆品的位置也摆上了翡翠柜台，在一些古玩商城，翡翠几年前只是众多商品中的一个小品种，如今，市场的追捧也让它成为古玩城中的主角儿。

北京程田古玩城董事长程永田："在头两年，翡翠和玉器没有这么多，占到市场的，也就是百分之十几，现在比较多了，将近占到市场的50%了。

让记者颇感意外的是，即便是专门以经营珠宝为主的商场，翡翠柜台也开始占据了很显赫的位置。北京七彩云南商贸有限公司副总罗静纯说："我们增加了至少应该有几百平米吧，应该有五六百平米的柜台是做精品翡翠销售的。"

罗静纯告诉记者，这两年翡翠的平均价格每年都会有20%～30%的增长。但是翡翠价格的增长并没有使人们对它的热衷消退。于是，商场也纷纷开始增加销售面积。记者注意到，扩充的面积大部分被精品翡翠占据。而这些翡翠的价格也是一个比一个高。

从百货商场、珠宝市场到古玩城，翡翠所到之处，无一不刮起一阵炫目的风暴。让记者惊讶的是，就连远离北京市区的昌平区，高档翡翠也一样畅销。

北京昌平金肆维玉麒麟购物中心紧挨着北京十三陵明黄蜡像馆，每天都接待来自国内外的游客。由于游客对翡翠A货的需求越来越大，他们也适时进行了调整。

楼层经理陈淑艳说："过去，80%以上是B货，有一些是B货加C货，还有很少一部分是A货。可是2000年以后呢，就是以A货为主了。"

因为缅甸翡翠的优质原石产量越来越少，而一般玉石材料由于含有较多杂质和瑕疵，所以有人用化学方法处理翡翠，让产品更漂亮，这也就是业内俗称的翡翠A、B、C货。

（1）A货：没有经过任何人工化学处理的天然翡翠。

（2）B货：经过人工处理，经化学漂白再充填树脂的翡翠。

（3）C货：经过人工染色处理的翡翠。

俗话说"黄金有价玉无价"。贵为"玉石之王"的翡翠这几年来更是急剧升温。以北京市场为例，2002年，整个北京不过十几家公司经营翡翠，翡翠只是一些商场挂店一角的点缀物。时隔6年，北京经营翡翠的珠宝商已经扩大到一两千家。在百货商场、珠宝市场、古玩城和旅游市场，我们都可以看到翡翠的踪影。短短几年间，整个市场出现了一轮爆发性的增长行情。

随着奥运奖牌金镶玉的设计方案公布，中华文明通过2008年奥运会向世界再次架起了一座桥梁，中国玉文化面临着一次千载难逢的世界性的推广机会。来自玉器领域的呼吁声越来越强——要将中国玉文化进行到底。

在中国所有文化的历史传承中，从文明发祥就始终一脉相传、未曾中断的就是玉文化。这一点不要说外国人,就是中国人本身也同样认识不足。

大约20世纪80年代前,很多文物专家还普遍认为玉器只是小器物。但是,随着考古发掘和研究逐渐深入,众多研究者认识到,玉器在古代与王权、皇权、国家的生死存亡息息相关,中国的礼仪制度、文明发展与玉器也紧密相连,玉器之"重"远远超乎了旧有的认识。

这种玉文化的影响也体现在"中国印"与金镶玉奖牌的设计上。"中国印"选用的是玺印的形式,奥运奖牌则按照玉质体现出等级差别。从大的方面看,中国需要世界了解认识中国。比如,西方讲民主,而中国人讲道,讲礼仪,讲个人修养,并不仅仅局限在某一种制度上,这一重要的文化特征集中体现在玉上面:玉是一种制度,同时也是心灵的东西。我国台湾玉专家徐正伦先生说过一句话:"懂得古玉就懂得中国人,就懂得中国文化,因为玉的文化就是中国几千年的文化,玉的故事就是中国十几亿人的故事。"

金镶玉的奖牌设计方案赢得了一片喝彩之声,其中包括国际奥委会的官员,为什么?因为金镶玉的设计并非偶然巧合——有什么东西可以比玉更能代表中国文化呢?在掌声的背后是中国玉文化的背景与深厚的积淀,没有这种底蕴,设计方案不可能立得住。

外国人很早就接受了中国的瓷器,瓷器已是世界性语言,因此才会有拍卖会上上亿元的瓷器。从在历史上所发挥的作用而言,瓷器与玉器是不能同日而语的，但是瓷器受宠，玉器受到冷落，这是西方主导艺术市场的结果。在未来的文化市场中，我们要用价值体系赢得发言权，这就是推广玉文化的一个重要理由。

本届奥运会正值中国经济振兴，也是中国文化逐步走向世界的时刻。既然奥运会的奖牌已经将全球的目光吸引到我们的玉文化上，我们为什么不利用这个千载难逢的机遇，让玉文化承载着中国文化走向世界呢？

"关门"卖玉

翡翠价格的大幅度提升，也吸引了更多的人投入到这个行业中来。

喜爱玉石，中国独有的审美情结，在五六千年前红山文化遗址中，我们就发现了玉器。关于玉石，在中国有许多美好的传说，相传盘古死后，他的呼吸变成风和云，他的肌肉化成土地，而骨髓就变成玉石和珍珠，因此玉器被视为吉祥物，具有驱邪避凶的魔力。从古到今，不少人把它作为家传之宝或定情信物，《礼记》上说："君子于玉比德。"即君子应该具备玉一样的品德。和许多投资收藏相比，玉石收藏更多了几分文化的气息，而这种浓厚的文化底蕴同时也支撑起一个日益庞大的消费人群。

何伟，北京人，与翡翠结缘6年。6年前，一个偶然的机会使小何放弃了广告工作，开始打理自己的翡翠小店。

何伟说："我不是每天都在店里，我做的是关门生意，来的都是朋友，还有一些固定的客户，所以大家必须打电话预约我才可以。"在爱家珠宝大厅里做关门生意，听起来有些另类，关门能有生意做吗？何伟说："我的设计比较夸张，一般消费者接受不了太时尚，太夸张的这种。"何伟的说法听上去似乎也有些道理。在朋友圈里买卖翡翠，已经成为时下流行的翡翠交易方式之一。何伟说："因为我只卖朋友，所以我卖给你的时候呢，是让你占一个便宜。等到过一两年你不喜欢了，把东西还给我的时候，我为什么要原价收回呢，是因为那时候我也要占一点便宜。"

因为这些年翡翠价格的不断上涨，商家回购翡翠的情况也时有发生。那么小何感觉到的翡翠价格增长到底是怎样的呢？何伟说："像那种极品翡翠，它的增长速度是你无法用一个增长率来估算的，因为所有东西就是，物以稀为贵，当你只有一件产品的时候，它速度会涨得很快；如果说这个东西多，它就不会涨得很多，但是翡翠有一个误区，大家觉得翡翠都涨价了。事实上，只有好的东西涨价了，一般的东西反而是跌价了。"

同样是翡翠，走出了两种截然不同的路径，这是怎么回事呢？何伟说："翡翠升值是很快，因为它的矿藏资源很少，而且由于现在的开采技术比以前要先进很多，开采的手段也非常多，所以它开采的量很大，原来一年的开采量已经成为现在一天的开采量，如果再按这个速度开采下去，翡翠这种资源就马上近似于枯竭，而且种好、色好的翡翠已经是越来越少了，因为这种东西本来就是凤毛麟角。"

北京盈之宝汽车销售服务有限公司董事长李莹说："像我们中国人讲的，这个玉代表了美人，同时又代表君子，就说'美人如玉剑如虹'，'谦谦君子温润如玉'，我觉得这是用玉来形容所有美好的，一种性情很高洁的，一种非常纯粹的气质，我们也常讲一个人气质好叫'玉树临风'，玉代表了很多中国人最美好的一些思念还有寄托，像'洛阳亲友如相问，一片冰心在玉壶'，非常多的。"

虽然喜爱翡翠，但是李莹透露，她购买翡翠向来都非常慎重。李莹说："我看不出来，但是我所有买的这些翡翠，一定是请教专家的，经过他们鉴定之后才买。为什么，我们说黄金有价玉无价就是这样的，因为黄金你可以看它的重量，它的成色，它有一个基本的国际标准价格。"

李莹对翡翠有自己独到的见解，她经常和设计师沟通自己的理念和想法，让设计师为她量身订做翡翠饰品。李莹说："尤其是中国女人，我觉得中国女人一定要有一套自己特别珍爱的翡翠饰品。翡翠能够特别恰如其分地衬托出中国女性的这种温柔、内敛还有妩媚。"

研究玉石已经有30多年的辽宁盘锦收藏爱好者田玉武说："因为对玉有一种情有独钟的感觉，你看说起来也是很有意思，我的名字里面有一个玉字，我叫田玉武嘛，所以说我就冥冥之中不知什么时候就和玉结下了这种情缘，我特别喜欢玉。"平日里一身唐装打扮的田玉武，对中国玉文化和玉的喜爱已经到了痴迷的程度。

田玉武说："就是从这个'玉'字你深深地探讨，就感觉特别有意思，比方说玉字为什么是一个王字加一点呢，就是在远古时代，只有王公贵族，只有帝王他身上带的这个点就是玉，这就是玉字的产生。"

对玉石，田玉武还有着更深刻的理解。田玉武："简单说国无玉不盛，家无玉不富，人无玉不贵。为什么呢，因为儒学占据我们国家已有两千年的历史，中庸之道讲的是不偏不倚，做人外柔内刚，正好和玉的精神是一样的，玉摸起来感觉非常圆润，它不会伤害你，但是它硬度非常大。"

田玉武告诉记者，从古到今玉字用在任何成语里都没有贬义，都是赞美，古人更是用玉石来规范女孩子的行为。"过去的女孩子是7岁开始佩玉，然后老爷和太太会跟丫鬟讲，明天小姐开始佩玉，你们两个人一定要看好，如果小姐摔个跟头把玉给弄碎了，要打30大板，三年不给工钱，然后丫鬟天天就开始看着小姐，其实是为了看这个玉。那么久而久之17岁以后，小姐长大成人出嫁了，那她表现得就和别人家的孩子不一样，她就落落大方，走起路来温文尔雅，彬彬有礼。"

玉石一般分为软玉和硬玉两大类。软玉在中国很多地方都有，而以新疆一带的白玉最为出名。白玉、岫岩玉、青玉都属于软玉。软玉外表有油脂光泽。硬玉一般统称为翡翠,缅甸,日本、前苏联、墨西哥、美国加利福尼亚州等均产有硬玉,但其质量与产量远远不如缅甸。翡翠又分为老坑种、玻璃种、冰种、豆青、油青等。

翡翠已经成为不折不扣的"疯狂的石头",翡翠商品千差万别。翡翠的精品对方方面面都有着很高的要求,有一方面达不到要求,价格就会一落千丈。市场上常见的翡翠商品,质量好的精品非常稀少。面对这样的市场,消费者也不免雾里看花,多数情况下会表现得比较盲目。翡翠总让人感到水很深,那么对于喜爱翡翠的消费者又应该怎样选择呢?

擦亮慧眼辨真玉

"神仙难断寸玉"这句话除了说明翡翠品种的复杂多样外,更道出了各种作伪手法的高明和变化多端,特别是现代科学的发达更使一些赝品达到以假乱真的地步,即使是行家有时也会有跌"眼镜"的时候。

造假的方法归纳起来有以下几种:一是造皮。在翡翠原料市场上,玉商为了显示翡翠的质地和颜色,常常把外皮切去一小部分,并把切口磨平磨光,行话称为开"门子"。一些不法之徒就利用这一特点,将一些翡翠料磨成砂粉,混合在特制的胶中,胶合到一些质地较粗糙,甚至是切开过被证明是低档石的玉石,重新伪装成天然的仔料"黑乌砂"、"黄盐砂"等,牟取暴利。二是染色和注色。染色和注色的方法多种多样。其一是将整块原石进行化学处理,染入绿色染料,使其皮色变绿,以提高玉石档次。有的石头染过后还经局部褪色处理,以造成颜色不均或并不是特别的好的表象,但实际这样也已把档次提高了许多。其二是在一些水头较好、但色较差的玉石中斜打孔注入绿色染料,然后封口,并在上面开"门子"，让买家从窗口见到该玉内部很绿，潜在价值大，从而提高卖价。三是移花接木。其一是将一些高档翡翠料切开后，取出精华，然后填入低劣碎料，再重新胶合，并植上假皮。其二是将一些劣质料从中间或任意位置切开，放入或夹上小块绿色翡翠或绿色玻璃，然后再重新胶合。并植上假皮，再在其附近开"门子"，以造成该翡翠料有高色的假象。四是以假充真。国内外少数不法商人，利用中缅边境玉石口岸的知名度，掌握部分旅游观光者觉得在云南边境上，才可买到货真价廉的翡翠玉料的心理，不惜辗转千里，将乌兰翠、岫岩玉、贵翠等貌似翡翠的原石弄到云南，冒充翡翠毛料向人们兜售。所以，对玉石不熟悉，或者仅仅知道一点常识的游客朋友，到云南最好不要随便购买翡翠毛料和赌石。

以上造假方法，仅是列举一二，实际中还会有许多变化。最重要且有效避免上当的方法就是要小心谨慎不充行家。

赌石市场"黑吃黑"的现象也很多。比如有一次，一个刚入行的投资者看上一块原石料，但是他拿不准东西的好坏，这时旁边来了个"很专业"的人，极力说这块石头肯定有料，不如两个人共同买下，收益平分，风险共担。投资者当即同意，二人用50万元买下石头并当场"开料"，结果石内并无宝玉，投资者捶胸顿足，而那个合伙人其实就是卖家请来的"托儿"。原中国地质大学珠宝学院院长吴国忠就讲过这样的事。

判断翡翠是天然的，还是经过人工处理的，并不是一件容易的事情。由于人工处理翡翠的方法不断改进，就连一些专业人士都很难分辨哪些是天然翡翠，哪些经过人工处理。

天然翡翠就能起到很好的保值增值作用吗？北京大学资源学院文物系主任李彦君说："翡翠有一种现象，优质产品和低档的原料，其价格差别非常大。举个例子，比如一块5斤左右的翡翠，那么1斤可能要几千

万元，我们一个耳坠都能拍到几百万元，潘家园一块低档的5斤左右的
翡翠原石，只需人民币1000元左右，翡翠上下级别的差额非常大，它讲
究透明度，然后讲究色泽，讲究绿的程度，还有分布的均匀程度，它有
很多标准。"

国家珠宝玉石质量监督检验中心建议珠宝首饰消费者：到有信誉和有
口碑的商场购买翡翠，有条件的话最好送到专业实验室去检测，得到一个
可靠的结论，这样就可以放心消费。

那么这几年来翡翠的平均增值幅度又是多少呢？李彦君："从目前
来看，翡翠价格还在升高，优质的翡翠还是很少，而且我看了，比如北
京的百货大楼，包括大宾馆翡翠的定价，每年都在提高，它增值的空间，
据这5年我自己统计几乎是每年20%～30%。"

翡翠价格不断攀升，这其中有没有泡沫呢？未来几年翡翠价格还会
出现大的变动吗？李彦君说："根据我了解的翡翠价格走势，首先肯定
会涨价，但是涨价的幅度涨到一定程度会平稳地进行，它不会疯狂地涨
下去，因为量达到一定的程度后会稳定下来。"

国家珠宝玉石质量监督检验中心，正在制定《翡翠分级》的国家标
准。但是这一标准的出台将经历漫长的过程，因为要鉴定翡翠是否有价
值，需要判断其透明度，也就是种头，也叫水头，而种头一般有10种之
多。另外还需要观其色泽，有绿、红、黄、白、黑、灰、蓝和紫之分。

各种颜色又有深浅之别。仅绿色，民间就有"36水，72豆，108蓝"之说，判断翡翠好坏可比钻石难多了！翡翠收藏有其独有的魅力，也有其蕴含的风险。普通投资者要想增加胜算的几率，一方面要多看，同时，还要捂紧您的钱袋。

当经典遭遇时尚："人木三分"探红木

俗话说，乱世黄金、盛世古董。身逢盛世，从集邮到古玩字画，从翡翠到普洱茶，这些年各类收藏热是一波连着一波。要说眼下非常热门的一种收藏就是红木家具，和以往的收藏相比，红木家具的门槛要高得多，极普通的一件家具也要几万元左右。在古典家具市场，一套红木家具售价超过百万元的现象并不少见。我国数千年的传统文化源流，使国人对事物有着异于西方人的独特认知和深刻领悟。从古至今，西方人依赖于宗教信仰获取精神抚慰，而中国的知识阶层，却通过融入生活中的传统文化艺术，得到心灵的充实和升华。与人朝夕相处且最能使人在视觉、触觉和嗅觉上引发情感及产生意境的中国古典家具，就是承载传统文化艺术的最佳实物之一。家具买来是摆在房间里的，百万元在国内的多数城市都足够买下一套相当好的房子，而这样高昂的价格并没有挡住红木家具投资者的热情。

木头也疯狂

2007年4月在"温州国际奢侈品展"上，一套由北京元亨利古典家具有限公司制作的海南黄花梨家具的售价高达6800万元，相当于展会上一辆劳斯莱斯、一辆兰博基尼、一辆法拉利和两架私人飞机价格的总和，令世人震惊。它使世人重新感受到中国古典红木家具的高贵遗风和超值光辉，其后所引发的投资收藏古典红木家具的热潮如火如荼，越演越烈。

红木家具起源于明朝1460年，郑和七次下西洋，每次回国用红木压船舱。木工把带回来的木质坚硬、细腻、纹理好的红木做成家具、工艺品及园林设计建筑，供皇室享用。到后期红木大量的输入及明王朝灭亡，红木家具才流散到民间。

传说明朝有两个皇帝亲自参与制作家具，技艺之精湛超过御用工匠。明王朝还从全国各地挑选优秀的木工作为工部官吏，有著名的工匠朱紫、陕西韩城郭文英、江苏吴县蒯祥等，官至工部侍郎、尚书之职。清康、雍、乾三代宫廷更是重视红木家具的制作。由于宫廷阶层追求奢侈生活的享受及皇帝亲自参与设计创作的重要原因，推动了红木家具的迅速发展。到了乾隆晚期，良材锐减，以至于乾隆帝本人也亲自过问，并下令限制名贵木材的使用，甚至为此还曾大动肝火。

仅以明代家具所用的名贵材质海南黄花梨而论，其色泽自然、质朴和古雅，花纹却奔放流畅，与古代诗人墨客"独静则淡泊明志，动情则豪放不羁"的性情十分契合，从而使这些文人视之日久后，便会产生出对其深深地眷恋和珍爱之情。

　　黄花梨质地细密、手感温润且富有油性，对于重视触觉感受的国人来说，抚摸越久则包浆越亮，美丽木纹随之日见润泽可人，它那如玉般的细腻和温润之感，会让触摸者联想到中国的玉文化，想起"君子比德于玉"之说……使人在获得内心舒畅和感官享受的同时，心境和意趣也得到升华。

　　黄花梨能散发出淡淡的清新幽香气味，其"幽"好比兰花的"王者之香"，其"清"恰似荷花的"香远益清"，使人在提神醒脑和滋肺润腑之际，难以忘却传统文化寄予国人如兰花般的"幽隐"高洁气节，以及似荷花般的"出淤泥而不染"的高贵品质。

　　此外，明代家具在造型上的简朴和空灵之美，也赋予了使用者"淡泊明志，宁静致远"的意境，而其在陈设上的对称格局，也体现出中国儒家文化的精神内涵……可以想象，与有着动人质感和传神韵味的古典家具终生为伴，让它那经典的优雅脱俗品位，彰显我们的人文气质和个性趣味，与心灵产生契合与共鸣，那是何等令人向往的情怀啊！

红木靠背椅，以其造型优美、线条流畅、结构比例合理，以及简朴秀雅的格调和充满文人气质的韵致，完美地映射出以俊秀著称于世的余辉。

　　有心者会有这样的感慨：无论在西洋豪华风格还是现代简约风格装饰的室内，如有一两件造型典雅和尺度相宜的古典家具放置其中，它们不仅能与其他家具相得益彰，而且还格外引人悦目，为室内营造出文雅隽永的氛围。由此可见，优秀古典家具体现了美学和科学的极致，不管时尚如何变迁，其经典的完美与成熟折射出来的艺术魅力及高贵气质，可以使历史与现实交相呼应，令人叹服！

2005年是家具价格和家具市场格局变化最大的一年，家具材料不断看涨，随之带动家具价格不断上扬。家具市场的主要发展变化是，古典家具市场红火，红木家具价格不断上涨，板式家具市场价格走低。2005年的家具市场是"红"字当头，以红木家具为代表的古典家具呈现出投资、消费两旺的好势头。

据不完全统计，京、沪、深三地2005年红木家具总交易量约达到6.37亿元，是2004年1.64亿元的近4倍，并且销售量呈现逐年递增趋势，国内红木家具制造商、经销商迅速增加，有关红木家具的杂志、网站、书籍纷纷于2005年现世。

近几年红木家具之所以卖得火，原因是红木家具是种一劳永逸式的家具，可以用上几辈子，而且与它相处时间越久对它感情越深。此外，由于国际红木原料的资源逐渐枯竭，红木原材料价格的上涨，导致国内红木家具价格也成倍上涨，并因此催热了全国的红木家具市场，全国多家红木家具店的营业额都大幅上升。众多消费者正是看中了红木家具既实用，又具有高增值性的优点。据中国家具协会统计，目前在一些较富裕的家庭中，家具的支出多数超过了装修、家电等费用。其中，集实用、收藏、观赏、保值等多重功效于一身的红木家具目前已走入寻常百姓家，正越来越受到消费者的欢迎，成为许多人投资和消费的理想选择。

有资料表明，中国红木家具在市场上屡创高价，比如2003年，康熙皇帝御制"寿山石嵌人物图雕空龙寿纹围屏"，拍得2358万港币，刷新了中国家具拍卖成交价世界纪录；在嘉德2004秋季拍卖会上，一件清乾隆紫檀雕"福庆有余四件柜"以539万元成交，创造了国内紫檀家具拍卖的最高价格。据统计，以市价为例：1978年至今，紫檀木家具价格上升了约1万倍，黄花梨木家具价格上升了约6000倍，鸡翅木与南榆木家具价格上升了约1000倍。

业内人士表示,红木家具价格上涨,除原材料价格上涨外,还有人力成本暴涨,以及购买力不断扩大等因素,预计今后红木家具价格还会更大幅度的上扬。南京琪星老红木有限公司的红木专家吴长琪先生说,2005年年中,受国际红木原材料供应不足的影响,南京红木家具价格曾有过一定程度的上涨,其中单价平均上涨1000~2000元左右,之后就维持在一定的水平线上,没有出现过太大的波动。但2006年1月以来,受国际红木原材料价格以及人力成本上涨的因素影响,红木家具价格出现了幅度不小的波动,均价上涨了约15%,但这只是开始。

一些专家认为,买红木家具的心态应该是,"懂行的买个值,外行的买个乐"。对此,有专家概括成精辟的12个字:历史、文化、美术、实用、耐久、增值。他说,一件古董家具,本身就蕴含着丰富的历史知识。古旧家具也同样可以用12个字来概括:材质、品相、做工、修配、年代、身份。众多购买红木家具的藏家认为,购买古典家具有三个理由,第一,古典家具饱含着浓厚的历史背景,有着深厚的历史价值,耐人寻味;第二,古典家具买回来不只是摆设,还有很好的使用价值,而且随着中式元素的重新重视,能够提升主人的品位;第三,古典家具也是古董,它不会因为使用者用过一段时间就不值钱。

据业内人士估算,古典家具的年升值率约在30%以上,个别精品的升值空间还远不止于此。藏家认为,红木家具是家具投资中的主要品种。其原因是:

(1) 材质好,传世时间长。明代和清代是我国传统红木家具的黄金时代。明清家具之所以珍贵,最重要的原因就是选用坚硬紧密、纹理华美、色泽幽雅的贵重木料制作而成,木材主要有黄花梨木、紫檀木、乌木、鸡翅木、酸枝木等。

(2) 设计巧,存世数量少。我国传统红木家具设计精巧,十分重视家具的造型结构与厅堂建筑相配套,家具本身的造型配置也主次分明。

一些优质红木家具所用材料，如紫檀、黄花梨等的存世量已很少。因为紫檀的生长期极其缓慢，每100年才长粗3厘米，八九百年乃至上千年才能长成材。

（3）款式好，工艺水平高。红木家具在制作上讲究精细，工艺要求高，需要很好的利用木材的色泽美和天然花纹。

（4）求者众，升值潜力大。现在，若要购买一件明代家具，花上20万元也许只能买上一把长条靠背椅或一对碗橱，若要收藏一对明代对椅的话，最起码也要出50万元以上。红木家具收藏专家吴长琪先生认为，随着老百姓消费水平的不断提高，红木家具也逐渐进入一些中产阶层以及部分普通消费者的视线。从其统计的销售情况看，中产阶层以及部分普通消费者购买率已经达到3~4成，而早几年，这类群体的购买率只维持在1成左右。吴长琪认为，购买力的上升以及消费群的扩大，无形中也使红木家具价格随之上涨。

红木家具，为何牛气冲天

在楼市和金币都异常火暴的时候，古典家具市场也同样扣人心弦。随着红木类家具价格的一路飙升，购买者却不见减少。相对于现代红木家具市场的火暴，明清古董红木家具收藏的热度有过之而无不及。某拍卖公司的一位经理接受采访时告诉记者，虽然明清时期的红木古家具藏品动辄几十万甚至上百万，但只要有精品出现，依然是玩家最热捧的对象。

一位红木家具商告诉记者，市场上的海南香枝木(黄花梨)板料，已经从2006年的每吨150多万元升至400万元，酸枝木也要每吨6~8万元，板料则为每吨10~12万元，条纹乌木和板料则涨到每吨5~6万元。

成材红木稀缺，家具商在制作成品家具时，必然会相应提高价格，这是红木家具市场出现"大牛市"的最主要原因。近年，我国红木原料一般是从东南亚、非洲、南美洲等国家进口的，但2006年一些红木主产地频发海啸和地震，使珍稀树木遭到一定程度的损毁，导致出口量下滑。与此同时，国际上的环保呼声日益高涨，红木主产地缅甸、老挝等国家开始对珍稀木料的出口加强控制，使我国红木的供应出现了很大的缺口。

炒家、收藏家的推波助澜是红木家具价格飙升的另一个重要因素。据业内人士介绍，现在红木家具的买家，除了普通消费者外，还有囤积红木家具的炒家，以及看中红木家具收藏价值的收藏家，他们纷纷囤积木材和红木精品家具。

资源的减少、出口的受限、灾害的频发以及人为的囤货，这些因素合在一起，使得红木家具的价格攀升得牛气冲天。

在红木家具市场中，"物以稀为贵"是亘古不变的道理。

红木家具被视为家具中的珍品，高贵华丽，承载了中华民族深厚的文化底蕴，它既是人们日常生活中的实用品，又具有极高的收藏价值和观赏价值。那么，在林林总总的红木家具中，哪些最具有升值潜力，最值得收藏呢？

专家介绍，首先要设计精巧，存世量少。我国明代和清代是传统红木家具的黄金时代，出现了大量精美、实用的各式家具。传统红木家具设计精巧，十分重视家具的造型结构与厅堂建筑相配套，家具本身的造型配置也主次分明，非常和谐。一些优质红木家具所用材料，如紫檀、黄花梨等存世量已很少。我们现在见到的紫檀、黄花梨家具基本上均为明朝时制作，其木材目前几乎已绝迹。

其次要材质优良，传世年代久。明清家具之所以珍贵，最重要的原因就是选用坚硬紧密、纹理华美、色泽幽雅的贵重木料制作。木材主要有黄花梨木、紫檀木、乌木、鸡翅木、酸枝木等。明清家具由于传世时间长，目前保存完好的家具已是凤毛麟角，其价格自然不菲。

最后要款式优美，工艺水平高。红木家具在制作上讲究精细，工艺要求高，慢工出细活儿。如广式家具，富丽、豪华、精致，一件家具就是一个精美的工艺品，它很好地利用了木材的色泽美和天然花纹，在卯榫驳接、纹样雕刻和刮磨修饰上都达到极高的水准。

记者从苏州市收藏家协会了解到，根据国家标准，通常所说的8种红木中，乌木因其材型小不能用于家具制作，实际可制作家具的红木仅7种。但是，不少商家为追求更大的利润，千方百计编制相近的木材名称，以蒙骗消费者。而作为消费者，如果以不菲的价格买到的根本不是红木家具，或者买的家具不是销售合同上注明的品级种类，那么肯定会有不小的损失。因此，专家提醒，在购买红木家具时，应该弄清家具材质的真实类别、拉丁文名称、具体产地，并索要产品说明书。一般来说，在商家开具的发票上，都标注有红木制品的拉丁文名称，因为不管一种木材有多少种叫法，其拉丁文名称只有一种，是不是红木，一看拉丁文便知真假。

买家更要注意，在购买红木家具时，不要总是想着自己能淘到便宜货。现在黄花梨、紫檀木的原料价格每公斤6～9千元，以一把圈椅计算，按照老工艺、老规矩制作，应该花费90～100公斤木料，因此，其价格至少在60万元，如果市场上的同类制品价格过低，那么显然值得怀疑。

苏州东方拍卖公司的一位主要负责人说:"买古董红木家具一定要看其内侧的天然花纹,而不是只看漆后的外表,还要看包浆是否自然,一般在使用者手经常抚摸的位置,会出现自然形成的包浆。与此同时,还要考察风格和雕刻水平。过去,家具制作时,工时比较宽松,工匠能够精雕细刻,出的多为精品;如今新仿制的家具,为了降低成本或赶时间,往往在雕刻上会露出马脚。"因此,在购买古董红木家具时,一定要提前做好相关的"功课",最好还能邀请资深专家陪同前往,才会更有把握。

业内专家预测,明清时期的古董红木家具以及上好材质的现代红木家具将大出风头。明代和清代早期的明式家具、乾隆时期的清式宫廷家具,是明清红木古董家具中最具升值潜力的宝中之宝。这两类家具存世量极少,做工考究,多为文人墨客所设计,文化底蕴深厚,专供宫廷和达官贵人使用。专家建议,资金充裕或者对古典家具兴趣很高的玩家,可以收藏乾隆时期的精品,且最好是整套收藏;如果财力一般,购买实用性、存世量大的单品家具也是不错的选择。

以黄花梨木、紫檀木、黑酸枝木和红酸枝木制作的现代红木家具也将有很大的升值空间。世界上现有的这几类成材已经不多,而这些树种的幼苗自然成材率很低,即便成材,年限均要上百年,甚至两三百年。也就是说,在很长一段时间内,都不会再有黄花梨、紫檀木等新木制作的家具出世。树种的稀缺和市场需求的不断增加,必然使红木家具在未来的百年,甚至在更长一段时间,拥有巨大的升值潜力。

"良材"与"美器"

近年来,有着"木中贵族"美名的红木家具价位直线上涨,越来越得到老百姓的喜好和追捧,逐渐成为一种时尚。随着流传下来的明清家具越来越少，新的红木家具生产作为一种产业应运而生，国内涌动起红木家具收藏的热潮。专家指出，市场需求上涨，红木家具升值空间将越来越大。

改革开放以前，红木家具的主要产地在南方，俨然成为财富符号，改革开放以后，老红木家具价位越炒越高，市场需求催生了现代红木家具产业。据了解，红木家具生产分为两大块：一是传统的作坊模式，产品大部分是仿古的；二是采用现代家具加工手段进行生产。

现在艺术品投资市场所说的红木家具，主要是指传统概念上的红木家具，并不包括现代生产加工手段批量化生产的红木家具。作为艺术品，传统红木家具突破了其他艺术品只能看、不能用的特点，除收藏观赏价值外还有实用性。

红木的概念比较广泛，凡是被列入红木范畴的豆科类木材做成的新家具，统称为新红木家具。但不是所有新红木家具都能演变成老红木家具。因此，有必要从材质上给红木家具分一分等级。

第一等级为黄花梨、紫檀木。这里指的是我国海南黄花梨和印度紫檀木。这两类木材已基本绝迹，成套的家具几乎都已进入拍卖收藏市场。一件家具价格都是几十万、上百万人民币。我国海南黄花梨幼树目前只有4~5公分直径，成材估计要百年以后。

第二等级为黑酸枝、乌纹木（也称黑檀木）、非洲紫檀木，这是目前市场所能见到的极品红木家具。由于东南亚紫檀木现存极少，市场上一般也把黑酸枝称为紫檀木。卧房黑酸枝、乌纹木成套家具，数量较少，难得一见。这是可以传世数代、增值保值的红木家具。现在市场上出现的非洲紫檀木，红木家具的专家不认同它的价值，其主要原因是非洲紫檀木家具成器时间短，尚无传世作品，更谈不上进入拍卖收藏市场，相信随着时间的推移，非洲紫檀木家具将会焕发灿烂光彩，作为新红木第一位的收藏品，其价值将会逐步体现出来。

第三等级为红酸枝。中国传统意义上的老红木都是用印度、泰国、越南、柬埔寨、老挝、缅甸南部、印度尼西亚等东南亚地区的红酸枝制成。比较严格意义上的红酸枝（产地为东南亚）制成的卧房成套家具，在材质相同的情况下，其售价高低主要在于它的工艺和做工。高档红酸枝家具在市场上的数量也不多。

第四等级为其他酸枝木。比如东南亚的黄酸枝、白酸枝，包括市场认同度较差地区出产的红酸枝（非洲南部、南美南部），这是中国红木家具的主流产品，称为中档红木家具。只要是酸枝木家具，传世几代，不断增值是毫无疑问的，在中国红木家具的历史上，酸枝木的红木地位从来没有动摇过。

第五等级为东南亚花梨木、鸡翅木、豆科类的"红檀木"以及南美洲、非洲的白酸枝等。东南亚花梨木，其品质和价格都要优于南美洲和非洲的普通酸枝木。现在市场上豆科类的"红檀木"（有的是铁力木）家具，有的卖出了红酸枝的价钱，其实这是被一个"檀"字所误导，因为有了紫檀、黑檀，那么红檀就必然是第三等级了，其实不然，"红檀"是一个概念不清，但品种很多的红木原材。在红木中，除了紫檀、酸枝、花梨、鸡翅"四大名旦"之外，产于热带雨林的豆科类暗红微紫的硬木，统称为红檀。红檀是一个现代名称，概念的包容度较大，一般不列入收藏名录。当然，木纹流畅（接近于酸枝木）、色泽匀称的红檀木家具也是一种上品红木家具，其难点是消费者难以识别。

第六等级为南美洲、非洲的花梨木。目前市场上已把它们列入红木范畴，它们能满足一般消费者"以实木家具的价格，拥有一套红木家具"的消费心理。南美洲、非洲花梨木家具经久耐用，但不具有传世收藏价值，需要说明的是，南美洲、非洲的花梨木家具已经融入了大众家具的消费行列，需求量大，市场潜力不可估量。事实上，消费者心理上也把南美洲、非洲的花梨木与严格意义上的红木家具区分开来。

古典家具包括两个方面：一是明代中期到清代乃至民国，这数百年间以红木的原料制作的经典家具；二是现代以红木为材质，用明清家具制作工艺生产的仿明清式家具。由于受时代变迁中人为因素和自然因素的影响，明清经典家具在市面上已凤毛麟角，价格之高非寻常人所能问津。因此，以下"精、巧、宜"的购藏原则，是针对市面上可见的仿明清式家具而言的。

"精"，即材质要名贵　明清经典家具之所以为世人推崇，与其选用

珍贵稀少的优质木材密不可分。如明代家具以符合文人审美观的"海南黄花梨"（俗称"海黄"）为代表，清代家具以迎合皇族显贵心理的"檀香紫檀"（俗称"小叶檀"）为代表，但因其濒临绝迹被严禁采伐，故价格飞涨，且有价无货。

在红木的30多种木材中，哪些是在市面上可见并且又与"海黄"和"小叶檀"优质特征最接近呢？在此介绍两种：一是产于马达加斯加的"卢氏黑黄檀"（俗称"大叶檀"），其色泽与"小叶檀"十分接近且富含油性。二是产于坦桑尼亚的"东非黑黄檀"（俗称"紫光檀"），其成品表面极似犀牛角般光泽润滑，为红木中密度最大和最重的木材。无论从木材特性的科学数据，还是制成家具的外观和触感来看，二者的品质足以取代"海黄"和"小叶檀"，成为当代购藏仿古家具的首选材质。

"巧"，即造型应入"品"避"病"　造型的优劣决定了家具的价值。目前在鉴定、收藏和学术界，已有被世人所共识的科学标准，即中国明清家具权威专家王世襄先生巧妙地借用古人品评国画的"品"与"病"，规范化和具体化地对家具造型标准所作的高度概括。这"十六品"是：

简练、淳朴、厚拙、凝重、雄伟、圆浑、沉穆、秾华、文绮、妍秀、劲挺、柔婉、空灵、玲珑、典雅、清新；而"八病"是繁琐、赘复、臃肿、滞郁、纤巧、悖谬、失位、俚俗。

"宜"，即应购"小而精"家具 由于现今家居环境与古时大相径庭，很多古典家具已不适合在目前家居中陈设使用。因此，不应选购体积、数量较大的家具，而应多关注精雅小巧的古典家具，如小花架、小琴桌、小条案、小方角柜、小画桌、小茶桌和两格书架等。此外，还应留意具有"书卷气"韵味和风格的家具，比如在椅子中就应关注四出头、南宫帽、灯挂椅、和交椅等经典样式，以便其能烘托出主人居家环境清雅脱俗的高品位氛围。

红木市场的疯狂与坠落

几年前，红木家具的价格还仅仅以每年20%左右的涨幅温和地递增。然而到2005年，腾飞开始了……

2005年以来，小叶紫檀的高档红木家具原材料，在短短两年内，就从每吨15万元暴涨到75万元，转瞬间又暴跌到35万元左右。在这个价格过山车的游戏背后，是如烟花般绽放的市场一夜之间归于平静，是众多炒家的深度套牢……

从收藏变投资，从投资变投机，直至最后在疯狂炒作中泡沫破灭，价格一落千丈。

一场追捧红木的接力赛就这样从这群人中起步。第一棒：怀旧的人们争相购买红木家具，仅局限于小范围，他们对家具精挑细选而后收藏。

而第二棒是真正的文人墨客，包括一些演艺界和文化界的大亨。

红木价格的真正飙升，出现在第三棒。"新人物"横空出世，他们是一些"热衷攀比的富人"。2003年以前，一套顶级红木圈椅的价格不过6万元，现在价格近50万元，原因很简单，作为身份的象征，攀比的富人有需要，价格就要上涨。

2005年，接力棒跑到第四棒，这时购买黄花梨家具已经变成一种投资行为。收藏热直接带动了投资热，事实上，市场中并没有那么多的"古董"供人们收藏，可需求又是那样强烈。

20世纪80年代红木家具每套不过2000～3000元，20世纪90年代达到每套1万～2万元；最近几年却"翻着跟斗"向上涨，从过去的按套论价，变成现在的按斤甚至按克论价，成套的红木家具价格几乎每年以几十倍的涨势增长。

"上百万的东西一件一件地走货，不愁卖不出去，不先交80%的订金都不给做。"2006年上半年，不到半年时间，许多投资者在这个市场狠狠赚了一笔。"我还是小玩，只赚了几百万，凭这个成亿万富翁的大有其人。"一位业内人士透露说。

很多家具公司为了向客户证明产品的品质，开出了3年之内保证按原价回购的条件。然而这3年间，很少有人要求家具公司回购自己的家具。"别说3年，就是在1年内，也没人肯把拿到手的东西再拿出来卖。2005年上半年我卖出了一套椅子，当时价格是2.4万元，下半年我用3.1万元想买回来，对方是一百个不答应。"一位家具公司负责人告诉记者。市场价格已经比他给出的回购价格高出许多。

红木家具价格上涨主要是因为市场的狂热，木材价格的疯涨。真正赚到大钱的，还不是这些做家具的公司，而是那些做木材生意的。两年间，成品家具价格涨了3倍，原材料价格却足足涨了5倍。红木家具热了，卖红木、做红木的队伍也开始极度膨胀，而市场炒作的热点也在转移。

做家具毕竟还需要时间和精力，而炒作这些红木的木料，金钱似乎来得更加"短平快"。各路炒家从原本对红木家具的投资，开始转向投机原料木材，一时间，红木的价格蹿升到历史顶点。

2007年8月间，广东市场的海南黄花梨从每吨50万元上涨到270万元，一年内价格涨了5倍多。最上等的木料被人为炒至每吨2000万元，相当于每克20元人民币。印度紫檀也在涨价，2007年一年间，由每吨30万元上涨到70万元～80万元，上等木料每吨超过160万元。

事实上，让投资者们一夜暴富的，并不是家具，而是囤积的生产红木家具的上好木材。整个红木市场风起云涌的根源就在于此。

除了红木市场需求增大外，还因为近两年进口红木供需紧张的传闻不绝于耳。比如有人说小叶紫檀等高档红木在国外已经濒临绝迹，东南亚国家采取的限制出口政策已让国内红木厂"无米下锅"等。在这些传闻的刺激下，大批来自浙江、福建的材料商不断囤货，猛烈追捧。

热钱不仅仅来自福建。一些香港和台湾地区的木材商人，早就看好了原材料需求量。在港台市场接近饱和时，大举进入内地，形成整个红木家具产业上下游的投机，拉动价格大幅度变动。

随之而来的是各种"红木"价格被急剧拉高。极其普遍的东南亚酸枝木类木料，也从每吨3万元的起点，翻了一番。在市场上，产量巨大的非洲红木价格，也在以每年20%～30%的幅度递增。"50万元、60万元一吨的小叶紫檀是'名贵木材'，1万元一吨的非洲红木也叫'名贵木材'，这种大落差的价位，不能准确界定什么才是真正的'名贵'。"一位业内人士表示。

这位业内人士还向记者透露："只要是一个集装箱的木材一来，什么小叶檀，什么黄花梨，什么酸枝，几乎都不落地，车上的木材就是这一组那一组，这一拨那一拨分走了，甚至都是整车就带着走的。"许多外来的木材炒家，还租了场地专门用来囤积木料，存放着上千吨的材料。"

2007年年初，市场的疯狂上演到最高点，红木原料的市场上，已经脱离了木材本身的炒作。掌握木材信息的人，凭借着货源信息，连资金都不需要，就能赚取炒作的差价。一位木材经销商称，"卖木材周转比较快，钱也来得快。"木料的大量囤积，使得制造红木家具的原材料价格迅速攀升，真正搅动市场的正是这样一群人。

　　红木家具热了，卖红木、做红木的队伍也开始极度膨胀，而市场炒作的热点也在转移。做家具毕竟还需要时间和精力，而炒作这些红木的木料，金钱似乎来得更加"短平快"。各路炒家从原本对红木家具投资，开始转向投机原料木材，一时间，红木的价格蹿升到历史顶点。

在巨大的利益诱惑下，许多人转行筹集资金杀入市场。有人透露："这些炒家主要用的是高利贷，还有一些人是几个人合伙从银行抵押贷款。"

2007年，紫檀价格之所以大涨，主要是小叶紫檀的主要产地印度在这一年加大了对华限制出口的力度。一些职业炒家立刻嗅到了炒作的噱头，又一个时机出现了。于是，这些商人们不惜冒着风险，通过不同途径，从印度购回数量接近5000吨木料。

"2006年这波高档红木的行情主要是从福建一带传到上海的。"一位专门从事高档红木生意的经销商告诉记者，很多时候是厂家和代理商一起合力炒作。厂家故意"捂盘"，只发很少的货，造成市场紧张。而代理商则串通亲朋好友，先投放少量的高档红木到市场，然后让亲朋好友前去购买，最后代理商重新回收。回购的价格高过售价，造成价格暴涨的假象，从而吸引投资者跟进。

世事难料，不到一年，印度政府又放宽了小叶紫檀的出口。然而，时间的流逝对于商人们而言，更是银行贷款期限的如约而至。大量囤积小叶紫檀的木材商开始抛货还款，其结果就是：2007年年底，大量原材料涌向市场，降价无可避免。这一降价风潮，又由于生产厂家和经销商队伍的急剧膨胀导致的销路不畅、市场饱和等因素而越演越烈。

如多米诺骨牌般倒塌的价值链，使得红木价格瞬间遭到腰斩。每吨小叶紫檀由2006年的15万元暴涨到75万元，到2008年3月，暴跌到35万元左右。越南黄花梨每吨价格由2006年的20多万元涨至2007年高峰期的120万元，2008年则降到60万元。

市场价格远远偏离高档红木真实的价值，最终结果必然是暴跌。据了解，许多在高位接盘的炒家，流动资金顷刻化为乌有，手上囤积的大量木材价格却一跌再跌。"多数被套的经销商是新手"，懂行的人知道市场大是大，但做木材也要拥有比较稳定的客源，不会去做投机。"被套牢的不仅是经销商，倒霉的还有高档红木家具的生产厂家。一业内人士称，"随着高档红木的降价，这些厂家很可能亏掉血本。"

纵观红木市场的起伏，炒作的规律一般是这样的：首先是一小批职业炒家，他们拥有一定量的资金，悄悄地进入一个资源独占性的领域，大量地囤积其中最好的产品。随后，他们可能用一年，也可能是更长一些的时间来包装概念，热炒其稀缺性和收藏价值，掀动行业的超常发展。

接下来，投资者向红木产地缴纳一定数量的保证金，就成为经销商，所在区域的红木全部通过经销商销售。产地和经销商供销体系形成后，一级经销商就会与二级、三级经销商联手，抬拉红木各类产品价格。

一级经销商通过绝对垄断权，留下70%左右的红木囤积，拿出30%

左右的份额，通过"价格联盟"进行跨区域拉抬，将价格拉升到购买价格的5～6倍抛售给二级经销商；二级经销商继续联合抬拉，达到满意的价位后才抛售给三级经销商。由于一级到三级经销商层层囤积、层层抬拉价格，结果只用三成流通原料炒作，就能实现购买价格比最初购买价格高出10倍的结果。

而后一批商人迅速加入这个战场，淘这股风潮中的第二手金。他们让这个行业呈现出遍地开花、生机勃勃的场面，人们通常称之为"一个产业诞生"。

除了对市场流通量的控制，还需要什么？答案是：眼球。2006年年底，"国人专购"的标签第一次出现在中国制造的产品上。当时，北京70%的红木卖场都贴出了这样的标签，宣布黄花梨木、紫檀木、乌木和老鸡翅木类家具停止对外国人销售，此举轰动了京城。

紧接着，更极致的炒作手法开始上演，一些红木家具商推出了直接用黄金回购红木家具的办法，有经销商称："我们有1000克、500克、200克、100克不等的金条摆在现场来换稀缺木料。"红木和黄金之间，巧妙地被商家们画上了等号，其目的不言而喻。对整个环节推波助澜的炒手，人们习惯于称他们为"权威人士"。

接着是那些家有余钱、唯恐贬值的富裕阶层的介入，他们的大量介入最终使整个炒作达到高潮。最后，这场戏的谢幕也按照同样的顺序进行。

在这样的市场中，每个环节都充满了暴利，只要一直能寻找到足够多的新的参与者来支撑这个暴利，这个游戏就能继续进行下去。囤货—拉抬价格—抛货套现，炒作概念、囤积居奇、买空卖空、拉高出货，在红木上，炒家们几乎把每种投机手法都使用得淋漓尽致。

然而，炒得越高，跌得越惨。按照价值规律的一般原理，商品的价格终将回归到其本身的价值，这不仅是红木的宿命，也是所有炒作的宿命。

红木家具何时再度"疯狂"

2007年3月以来，红木的价格开始以5000元、10 000元的涨幅不断上涨。一直持续到2007年年底，红木的价格达到有史以来的最高点。随后，受各方面因素的影响，在不到一个月的时间内，红木的价格又跌到了近乎原本位的价格。对在价格飙升期涌入红木家具市场的企业来说，红木家具市场将会以怎样的形式获得重生，这是2008年人们关心的主要问题。

据一些摊主介绍，有的家具展厅已经有几个月不开张了。面对2008年红木家具市场的一度低迷，一位摊主表示："回暖是迟早的事，但目前红木家具行业可能还会有近半年至一年的小幅下降。"值得担心的是，硬伤过后，红木家具商将以怎样的竞争再度赢得市场？

想从红木价格的浪潮中掘金的商家，不只投资红木原材料生意，更多的进入到红木家具这一终端行业。

近两年来，红木的生产厂家猛增近两倍，良莠不齐的家庭式红木家具作坊纷纷诞生。受红木炒作的影响，原正规注册的有1000多家生产厂家，加上后来加入的和一些没有牌照的小作坊，目前，全国大约有近万家红木家具生产商。现在已经有近一半的厂家停产，剩下的也处于半生产状态。为了赢得市场，一些厂商想方设法降低制作成本，在使用的原材料上掺假，以低廉的价格出售红木家具，这也给红木家具市场造成了冲击。

作为真正的红木行家，一眼就能辨清材质的真假，并且至少会货比三家，才肯出手。而对于只为了投资或摆阔的外行人来说，或许会分不清真假。为了能够让红木家具的极品传承于后代，不得不从红木家具的制作抓起，才能既不浪费珍贵的原材料，又能有好的产品传承。售假企业或没有艺术内涵的企业必将遭到行业的洗牌。

怎样才能让红木家具市场传承纯正的中国传统古典家具文化内涵的高端产业道路，是下一步各红木家具生产商要思考的问题，也是这些企业能够快速发展的核心要领。

一个地道的红木家具生产商要具备很多基本条件。首先，有中国红木古今文化艺术素养与创意灵魂。其次，要有好的雕刻老工匠。比如古典的晋京家具以厚重、沉稳、端庄大方著称；南方家具以优美、细腻、精巧、灵秀闻名。还有一些宫廷制作，民间手艺的相互传承，要想雕刻出南北风味、活灵活现的图案，技艺精湛的老工匠是必备的。

"只有出精品，做品牌。从原材料的优选，到雕刻工艺的精美，结合古典艺术文化与现代文化，使家具的神韵美伦美奂，让收藏者感到物有所值，才是未来古典红木家具的前途。"一位市场人士告诉记者。

未来的红木家具市场必将逐步得到彻底洗牌，淘汰不适于传承中国文化的红木家具企业。红木家具要体现出中国古典文化国粹的价值。利用好每一根红木，让好的设计师与雕刻师做出最好的藏品，流传于后人，让红木的价值趋于最大化，是未来红木与红木家具要走的路。对红木家具行业的洗牌，也是对红木家具制作企业未来会不会被淘汰出局最大的考验。

前不久，人们在非洲发现了几种硬杂木。它们虽然不在规定的红木范畴，但无论纹理还是硬度都与一些红木材质相符，最主要的是其价格低廉。目前，已有一部分替代品进入中国。也许在将来，科研界会重新划定红木的五属八类，让这些硬木归到红木的范畴。这对缓解未来红木高价市场起到举足轻重的作用。

解析中国红木市场涨跌

从珍爱到收藏，从收藏变投资，从投资变投机，无辜的红木被人为地折磨到疯狂。疯狂的红木市场又转而开始折磨各个环节的投资人，使得两年来看涨的行情在2008年第1季度继2007年的严冬后又遇春寒。

近半年来的中国红木家具市场，在上、中、下游各自为政又环环相扣的戏剧性变化中，暴涨暴跌的原材料行情顺流直下地影响到红木家具行业的稳定。

上游原材料价格滑落到几乎高峰时价格的一半，而下游投资者又开始考虑下一波的炒作。一个披着传统文化外衣的投机故事，远没有到结束的时候。

伍氏兴隆家具的门市部里，一张用来当办公桌的明式桌上，并列着两个液晶显示屏，左边的电脑屏幕上挂着"伍氏兴隆"的论坛，销售人员或董事长伍炳亮本人不时地刷新着论坛上对红木市场的讨论。

作为土生土长的广东台山人，伍炳亮经历了红木家具制作在台山从无到有，从小变大，直到今天变成中国最主要的红木家具生产地。到2008年，他已经进入这个行业29年。

对于最近这次"紫檀泡沫破裂"，伍炳亮说："影响并不很大。"停顿了一下，伍炳亮又说："媒体不应该打击消费者的信心，媒体应该保护中国传统家具这个好不容易才成长到今天的行业。"之所以提到媒体，是因为有报道称，福建炒家的热钱退场造成了2007年第4季度到2008年3月的紫檀泡沫破裂。

随着檀香紫檀原料的枯竭，印度小叶紫檀作为最好的替代品，立刻为收藏界与投资界所接受。小叶紫檀在2006年年底的价格为每吨18万元~20多万元。2007年之所以突然涨价，主要是印度在这一年加大了对华限制出口的力度。于是，小叶紫檀的高回报率马上受到各方面投资者的关注。商人们不惜冒着风险，通过不同途径，从印度购回数量接近5000吨的木料。

从2007年11月开始，印度小叶紫檀每吨涨至人民币75万元，达到价格的顶点。的确，今天买进4万元一吨的木料，后天就能卖到6万元一吨，吸引力巨大，但好景不长。伍炳亮说，两年中原材料价格涨了5倍，成品家具价格涨了3倍。制作厂商和销售厂商成本激增，不得不减少小叶紫檀的使用。

而原材料还囤积在仓库。大量囤积小叶紫檀的木材商开始抛货还款，其结果就是2007年年底开始的原材料降价，这一降价风潮又由于生产厂家的转产所导致的销路不畅而越演越烈。

对于中国的消费者来说，红木原材料市场的风云变幻，还没有深刻地影响到他们。相反，他们能够直接感受到的是红木家具价格的节节攀升，以及人们越来越浓厚的红木情结。

在2006年的"国际顶级私人物品展"上，元亨利古典家具在现场卖出了上千万元的家具，且与外国买家签约成交意向1.1亿元。这些看似有着巨大升值空间的艺术品投资，成为投资者眼中的"金矿"。在中国近20年来的一些非常态商业行为中，从兰花到普洱茶、从邮市到楼市、从钢筋到红木，无一不被人们指为炒作。

广东中山市大涌镇，街头随处可见这样的非洲木材，当海南黄花梨等名贵木材越来越少，价格越来越高的时候，大涌整个家具行业商会就把目光盯在了非洲木材上。

沙溪镇靠近大涌的地方，也开始聚拢了小型的红木厂商。中山市红木家具工程技术研究开发中心工程师曹新民说，他是眼看着沙溪一天一个样地向大涌靠拢的。"以前大涌两条街也是这样的铁皮房。"曹新民指着牌坊北边沙溪境内的一排铁皮卷闸门说："如今没有六七百万资金，就进入不了现代红木家具的门槛。这边的地价又贵，所以新的商家只能开在沙溪临近大涌的地段。"

不同于台山市大江镇的仿古家具，中山市大涌镇以现代红木家具产销为主。现代红木家具在选材上不苛求"黄花梨"和"小叶紫檀"，多为被称为老红木的"红酸枝"。在工艺上现代红木家具继承明清古典家具传统造型，同时吸收西方家具的特点。比如，吸收沙发柔软舒适的特点，并且采用小至电脑雕刻、镂空，大到电脑温控的木材干燥房这种具有现代科技成分的方法来生产。而在仿古家具行业，金属构件一律不得使用，中国传统家具的精妙榫卯结构才是智慧和艺术的体现。

海南黄花梨早在20世纪30年代即被国内红木专家断言已经绝迹，所幸在20世纪60年代有人发现了野生海黄，但不久便被限制带出海南省。各种传说中宽几十厘米高两三米的板材，都不可能从正当渠道带出海南岛。海南林业局木材管理总站的执法人员明确表示，目前所有海南黄花梨交易，从严格意义上说都属非法。

现在，越南黄花梨快被采伐光了，越南政府也在打击盗砍盗伐者。非法交易黄花梨有时在尼泊尔境内进行，伍炳亮说，在尼泊尔价格能够稍微便宜一点，但是他从来不敢从事这种非法交易。

人们把目光投向非洲。这片大陆西部的科特迪瓦和东部的马达加斯加都生产非洲红木。于是，一个替代品登陆中国，冲击本已经不清静的中国红木市场。一吨非洲紫檀的价格是1万元左右，仅是同等重量印度小叶紫檀价格的1/50。在大涌镇，非洲红木的价格也在以每年20%～30%的幅度递增。

但是各国都对木材贸易有着严格的限制，因此，木材进口并不是解决中国红木资源匮乏的根本出路。

　　北京林业大学林作新教授告诉记者，天然海南黄花梨生长早期的五六年，很像灌木是趴在地上的，分叉很多，得不到充足的阳光照射，生长缓慢。现在用人工施肥、剪枝、支撑的方法，一年的生长速度相当于以前的十多年，这样的快速生长可能会导致密度不如自然生长的黄花梨，但制作家具却刚刚好。林作新表示，在很多质疑人工种植黄花梨的人中，有相当一部分人是担心人工种植的黄花梨大量上市，会使自己高价购买的黄花梨家具大大贬值。

　　聪明的中国人想到了另一种方案：人工种植黄花梨。福建漳州的种植面积，到2008年将达到2万亩以上，广东中山也试种了海南黄花梨。20世纪80年代种植的海黄，现在最粗的胸径已有30厘米左右，它们身上都挂着一个标明学名的小牌子：绛香黄檀。

　　林作新教授说："黄花梨木分公母，公株材心纤细，而母株材心较粗。对于母株来说，材心占木材直径的70%左右"。在林业科技人员的眼中，人工林只要管理得当、光照充分、科学施肥，30年成材是可以期待的。

　　稀缺决定价值。因为稀缺，目前一块上好的海南黄花梨平均每斤的价格已经达到上万元钱，同样因为稀缺，广东中山的家具厂家认定他们购进的"非洲红木"也会在未来大幅升值。所有收藏获利的原理都来自"物品的稀缺性"，但不是所有根据这个原理进入市场的人都赚得金玉满堂，也没有任何一类收藏品的价格会永远直线上升，这也是非常简单的道理。道理虽然简单，但许多沉迷其中的人却浑然不觉。如果在原有的价值中添加了过多人为炒作的因素，那么这个市场就容易失去理性，而这一点在2007年普洱茶的疯狂炒作中已经得到了印证，我们希望红木家具市场能够获得平稳、健康的发展。

当艺术遭遇市场：艺术品市场的红与黑

近年来，中国艺术品市场异常火暴，这个曾经不被大众所关注和了解的市场，在投资收藏的引领下，收藏品价值增长惊人。艺术作品被赋予"理财产品"的概念之后，立刻有了更多与公众接近的机会。

如果用投资证券的视角审视艺术品，则那些精心陈列在拍卖预展中的瓷器、书画、油画在被看做文化符号的同时，更多的人还希望它的价值在之后的拍卖角逐中节节攀升。而近几年比证券更早一步迈入"牛市"的艺术品，随着成交金额像滚雪球一样越滚越大，最终为大众的竞买热情投下了一枚火种，并且越烧越旺，艺术品逐渐从早期文人雅士的收藏，转而成为部分人眼中的投资品种。

"天价"的"面具"

2008年5月24日，这是香港佳士得首次举办亚洲当代艺术的夜场拍卖会。"夜场拍卖"起源于英国，按照传统习惯，拍卖行通常会把最稀缺、最珍贵的艺术作品，特意安排在晚间拍卖。当晚现场拍卖的，有一幅中国现代画家曾梵志的油画作品。当时在拍卖现场的香港佳士得董事张丁元告诉记者，竞拍气氛非常紧张。

这幅名为《面具系列1996No.6》的作品，最终以7536万港元的价格成交。张丁元透露，出售这幅画的是一位美国收藏家，20世纪90年代，他在上海香格纳画廊一眼就相中了这幅中国当代油画，按照当时的市场行情，这幅油画的价格应该在3万～5万美元之间，谁也没有想到，十多年后，当这位美国收藏家委托香港佳士得拍卖时，这幅画的价格竟然暴增了两三百倍。

不断创出天价的中国当代油画，一次次吸引着人们的目光。中国当代艺术品市场也从2003年开始进入热潮。2006年春季拍卖，仅中国嘉德、匡时国际、北京保利、北京诚轩等四家拍卖公司的总成交额就高达13.01亿元，2007年春拍更高达17.24亿元，增幅近33%。近两年国际上最知名的两大拍卖行，佳士得和苏富比，都已经把中国当代油画作为重要的拍品，在最近几年的拍卖会上，只要有中国当代油画出现，总会伴随着动人心魄的激烈竞价。

中国当代油画拍卖行情的一路走高，自然也成为拍卖场上当之无愧的主角，"中国当代油画又创天价"的新闻，不断冲击着人们的神经。

• 曾梵志《面具系列1996No.6》拍出7536万港币。

- 蔡国强《为APEC所作的计划》拍出7424.75万港币。
- 刘小东《温床》拍出5712万元。
- 岳敏君《轰轰》拍出5408.75万港币。
- 张晓刚《血缘：大家庭3号》拍出4264万元。

全球权威艺术品市场行情网站artprice.com的数据显示，2007年，

中国在世界艺术品拍卖市场所占份额首次超过法国，位列世界第三。（在艺术品拍卖成交总额排名方面，2007年美国以43%的世界市场份额排名第一，英国紧随其后，占30%。中国首次超过多年保持第三位的法国，市场份额增至7.3%，而法国的市场份额为6.4%。）

在Artprice网站2007年全球100位当代艺术家排行榜上（按照作品的成交量来计算），中国当代艺术家占据了36席。张晓刚甚至超越了美国最红的当代艺术家杰夫·昆斯，占据了第二的位置。而在5年前中国当代艺术家中只有蔡国强一人入围这个榜单。

不仅是油画市场，眼下当代国画市场也在沉寂了两年后开始悄悄回暖。随着频繁的拍卖会和画展在各地的举办，国画近现代作品的价格也在悄悄上涨。

在国画界很有名气的中国国家画院副院长卢禹舜告诉记者，中国国画在艺术上的标准和价位实际上和国际上包括西画在内的价位都是一样的。因为国画也有上亿元的作品成交。有一个问题，好像好多人没有注意到，就是在当代艺术市场，西画这一块，虽然价高，但是量毕竟非常小。但是真正的中国画市场，它的整个成交量，要远远大于当代艺术中西画这一块。

这十多年以来中国民间的资金流向在国画上也占了很大的比例，在国家画院记者采访画家纪连彬的时候，他谈到国画市场的复苏时告诉记者这样一个事实。

纪连彬说：我觉得山东、河南、安徽、甘肃，还有广东、浙江、江苏这些地方都是中国画非常热的省份，而且尤其以山东为代表。大家都喜欢艺术，喜欢中国画艺术，把中国画艺术不仅当做个人收藏，而且作为礼品馈赠友人，还用于投资，形成了一定的规模。

采访中两位知名的国画家告诉记者，在中国，艺术从来没有像今天一样和财富如此紧密地联系在了一起。在这种现象的影响下，许多艺术原有的发展模式开始发生转变。

画出的财富

北京是中国的文化中心，随着当代艺术品市场的火暴，有越来越多的人从四面八方汇集到这里寻找他们的梦想。画家叶永青的一间400平方米的工作室位于北京郊区，几年前，这里还是一片菜地，像这样规模的工作室，在他周围还有10多家，绝大部分都被画家租下了，过去一两万元的租金价格现在已经变成每年8万元左右，并且这样的租金在北京算是中等价格。

叶永青说："他们开玩笑的一句话就是，北京到北五环以外，都归艺术家管了，首都机场这一线，所有空闲的地方，几乎全部都是艺术家的，是以艺术家的名义开发出来的。"

如今，北京有七八个能叫得上名来的艺术区，宋庄、一号地、环铁、酒厂，都是这两年红火起来的。798工厂是北京最早的一个艺术区，6年前，因为一批艺术家的进驻而声名鹊起，但不断上涨的租金，让这里很难再看到艺术家的工作室了。数以百计的画廊成为这里的新主人，李京就是其中的一员。

李京说："因为画廊是商业性的，这是大家都不能回避的问题，所以开画廊就是要卖画的。"

李京平时很喜欢收藏当代油画，也颇有一些见识和心得。久而久之，李京有了自己开画廊的打算。2007年9月，李京花200万元开了这家画廊。展厅里摆着近20幅不同画家的当代油画，价格高的达上百万元，最低也要几万块钱。虽然价格不菲，不过来看画的人并不少。当然，许多人并不懂画的好坏，他们最关心的就是这些画能不能很快升值。

李京告诉我们，画廊主要靠主题展览来销售画家的作品，从开业到现在，李京已经举办了三次展览，每次都有80%以上的画被人买走。有了这么好的生意，如今李京已经收回了前期投入的200万元本钱。当然，委托画廊卖画的画家们也都有了不错的收入。

离开画家，画廊就没法生存，3年前，798里的画廊不过十几家，现在已经发展到300多家，画廊发展的速度远远超过了艺术家的培养速度，优秀画家成为炙手可热的稀缺资源，已经成名的画家更愿意牵手实力雄厚的洋画廊，不少画廊把目光投向了那些刚走出校门的年轻画家。

影响中国书画价格的因素

尽管绝大多数人都愿意相信：一件书画的价值越高，其价格也应该越高。然而，在书画市场，情况却往往并非如此。而且，书画的价值与价格相背离的现象从古至今都并不鲜见。通过对中国书画市场的经验研究，我们可以将影响书画价格的最重要因素归纳为吸引力和炫耀性两种。

吸引力

美国经济学家哥德哈伯指出：金钱和吸引力是双向流动的。金钱可以买到吸引力，吸引力也可以赢得金钱。换句话说，注意力经济实际上是基于不断地创新或者至少设法新颖。重复同一个观点或提供同一个信息很难吸引人的注意力。他甚至认为："人们可以制造'虚假的注意力'以保持双方注意力的平衡。"哥德哈伯还发现："艺术的目的就是吸引注意力，成功地吸引注意力是艺术存在的全部意义。"这就是说，从某种意义上讲，影响书画价格的决定性因素并不是书画本身所具有的艺术价值和书画的存世数量，而是书画所能吸引到的注意力。书画的艺术价值对书画价格的影响实际上并没有人们通常想像中的那样大。据估计，一些勤奋创作的书画家，例如张大千和齐白石的传世作品数量在30 000件以上。不过，他们的书画作品并没有因为数量太多而受到人们的抵触。与此相反，张大千和齐白石的书画作品几乎一直就备受青睐，而且经久不衰。这是因为，他们的书画作品能够持续地吸引足够的注意力。

1956年6月张大千曾去拜访毕加索，毕加索不说二话，搬出一捆画来，张大千一幅一幅仔细欣赏，发现没有一幅是毕加索自己的真品，全是临齐白石的画。看完后，毕加索对他说："齐白石真是你们东方了不起的一位画家！……中国画师神奇呀！齐先生水墨画的鱼儿没有上色，却使人看到长河与游鱼。那墨竹与兰花更是我不能画的。"他还对张大千说，"谈到艺术，第一是你们的艺术，你们中国的艺术……""我最不懂的，就是你们中国人为什么要跑到巴黎来学艺术？"西方一位大画师，这样评价齐白石，由此可见齐白石的价值。

炫耀性

美国经济学家凡勃伦在《有闲阶级论》一书中写道："在任何高度

组织起来的工业社会，荣誉最后依据的基础总是金钱力量；而表现金钱力量，从而获得或保持荣誉的手段是有闲和对财物的明显浪费。"凡勃伦认为："艺术品的效用同它的价格高低有密切的关系。"当然，凡勃伦承认，具有艺术价值的物品之所以可贵，是在于它们具有艺术上的真正价值，否则，人们就不会这样其欲逐逐，已经据为己有的人就不会如此洋洋得意，夸为独得之秘。然而，凡勃伦同样意识到，这类物品对占有者的效用，一般主要不在于它们所具有的艺术上的真正价值，而在于占有或消费这类物品可以增加荣誉，可以祛除寒酸、鄙陋的污名。换句话说，这类物品之所以能够引起独占欲望，或者说之所以能够获得商业价值，与其将它所具有的美感作为基本动机，不如将其作为诱发动机。

在此基础上，凡勃伦敏锐地指出：我们从使用和欣赏一件高价的而且被认为是优美的书画中得到的高度满足，在一般情况下，大部分是出于美感名义假托之下的高价感的满足。我们对于优美的书画比较重视，但是，所重视的往往是它所具有的较大的荣誉性，而不是它所具有的美感。"因为审美力的培养需要花费很长的时间和很多的精力。"他甚至进一步认为：任何贵重的艺术品，要引起我们的美感，就必须能同时适应美感和高价两个要求。除此之外，高价这个准则还影响着我们的爱好，使我们在欣赏书画时把高价和美感这两个特征完全融合在一起，然后把由此形成的效果，假托于单纯的艺术欣赏这个名义之下。于是，书画的高价特征逐渐被认为是高价书画的美感特征。某种书画既然具有光荣的高价特征，就令人觉得可爱，而由此带来的快感，与它在形式和色彩方面的美丽所提供的快感合二为一，不再能加以区别。因此，凡勃伦认为：当我们称赞某件艺术品时，如果把这件艺术品的艺术价值分析到最后，就会发现，我们的意思是说，这件艺术品具有金钱上的荣誉性。

从廉价到天价

中国当代油画艺术，是从20世纪80年代发展起来的，伴随着改革开放，一些新的文化观念涌进国门，进而对文艺作品的创作理念产生了影响。20世纪80年代，有一部电影风靡了全国，影片讲述了一群年轻人在西方外来文化的影响下，用舞蹈的方式冲破传统束缚，寻求个性解放、自我张扬的故事，而那个时期的中国当代油画作品也表达出了同样的一种情绪。

余丁教授说："就是表现的一种另类的、叛逆的、与众不同的这种状态。这是20世纪80年代的一个特点。这种很叛逆的，对于艺术是什么的问题，对艺术到底它的本质是什么，提出质疑的一些实验作品。"

但在那个年代，这种表达叛逆情绪的油画作品，并不被主流社会所接受，在市场上可以购买的更多的是一些复制的工艺品。

画家叶永青说："油画在最早开始流通的时候，也是一种有点局限于像旅游产品一样的作品，比如像一些风景油画，一些写实性的风景油画，画一些有纪念性的山水……"

进入20世纪90年代，随着中国改革步伐的加快，一部分原本在单位、美术馆工作的画家也开始下海，自谋生路，就在那个时期，中国当代油画作品的风格也发生新的变化。

余丁教授说："到20世纪90年代我们看刘晓东的作品，新生代的作品。我们发现他都是画周围的普通人。刘晓东画周围的民工，画周围的父母，画周围的亲人。他的画就像电视剧《渴望》一样，他表达和表现的是普通人的生活。方力均等人画的玩世现实主义画，内容也是自己周围的生活，只不过笔调是叛逆的，反讽的，嘲讽的，玩世不恭的，但都是身边的事，身边的生活。"

虽然是对普通人生活的记录，但它用的是西方人熟知的艺术形式，表达了社会经济转型时期，人们在新旧两种价值观冲突下的思想困惑。现在在市场上频频创下天价的，也正是20世纪90年初创作的这些油画作品，但这些作品当年在国内无人问津，发现它们价值的是一些海外的收藏家。

画家叶永青说："早年驻中国的瑞士大使，像希克，他就比较有意识，当时他在北京的全部业余生活，就是在北京各地寻找一些当时生活在北京最早的那些第一批的独立的艺术家。"

前瑞士驻华大使乌力·希克，从20世纪90年代初，通过寻访画家的方式，购买了大量中国当代油画作品，建立起一套完整的中国当代油画收藏体系，因此，他也被公认是对中国当代艺术影响力最大的收藏家。

因为当时中国当代油画在国内并没有市场，所以像希克这样的海外收藏家都是以非常低廉的价格，批量买下了这些作品，并未能改变画家清贫的生活。

画家叶永青说："艺术家多在自己的家里画画，没有工作室。当一个画商或者是一个收藏家去了他们家里，想去看他们的画，他们家里能够展示自己的作品最宽敞的地方，一般都是床，他们在床上展示自己的作品。这就是当时的一个状况，没有人像今天有工作室这样的条件。"

叶永青说，在2000年的时候，很多画油画的，包括现在作品身价上千万的画家，还是维持着清贫的生活状况。直到2004年，一些早期的海外收藏家把当年在中国低价购买的油画作品陆续推向国际拍卖市场时，中国当代油画才开始迎来它的井喷行情。

此后，中国当代油画一下成了国际拍卖场上最耀眼的明星，特别是进入2006年以来，在以纽约和我国香港为代表的拍卖市场中，中国油画无论是在成交额还是在成交量上，都远远超过了中国书画，人们甚至把这些作品看成是一些具有无限升值潜力的艺术股票。

余丁教授说："我的一些朋友去过伦敦一个当地人的家里面，他有中国艺术家方力均的七张作品，他知道这个名头，但是具体这个作品好在哪儿，或者它是什么，他不关心，他只管这个作品是否能升值，因为这些作品的市场潜力非常好。"

中国当代油画的火暴行情，又吸引了新的国际资本的涌入，在国际上堪称商业运作大师的劳伦佐·儒道夫，曾经将巴塞尔博览会打造成为世界顶级的文化博览会。2008年7月初来到中国的劳伦佐告诉我们，这两天他正忙着拜访中国艺术家、收藏家和画廊，这次来中国最主要的工作就是为上海艺术博览会国际当代艺术展做筹备工作，他希望将这次的博览会打造成整个亚太地区最重要的当代艺术博览会。

原瑞士巴塞尔艺术博览会总监劳伦佐·儒道夫说："我真诚地希望在亚洲能够看到一个世界顶级的艺术博览会，亚洲最有活力的国家是中国，那么我认为一定要来中国办这个博览会。中国代表了亚洲的未来，希望通过展会，把亚洲以及欧美最好的当代艺术放在一起，呈现给整个亚洲的观众。"

它是一件皇帝的"新衣"吗

2008年5月28日，中国当代艺术拍卖创出7536万港币全球纪录的第四天，一个艺术评论家在自己的博客里贴出了一篇名为《当代艺术拍卖的"天价做局"，以及暴利游戏》的文章，揭露当代油画的"天价"是做局做出来的。

在近两年的当代艺术领域实际上产生了两种新身份：艺术奸商和富豪前卫艺术家。什么叫"艺术奸商"呢？就是把艺术品的价格以几百倍、几千倍的价格炒作，在各大拍卖行上将一件十几万元到100多万元收购来的作品，两三年内在拍卖会上炒到500万元甚至2000万元，然后卖给一些热爱艺术但不太懂艺术、很有钱又有购买冲动的收藏家，以牟取暴利。

当代艺术的资本化始于两年前，当时只要花200万元就可以把艺术圈每个人的画都买一张。刘小东三年前的油画也就10万元一张，两年以后炒到2000万元一张。

朱其，1966年生于上海，中国艺术研究院美术史博士，中国当代艺术本土化和独立展览的重要推动者之一。20世纪90年代末提出"70后艺术"概念。为国内外媒体撰写了大量中国当代艺术评论和学术论文。2000年参与创办"世纪在线中国艺术网"，2006年创办《艺术地图》杂志，2007年任"首届北京798艺术节"总策划。

从2006年下半年以来的当代艺术热所导致的艺术投资高潮，以及拍卖天价的出现，已经可以很明确地断定：存在着艺术炒作集团在拍卖会上的"天价做局"，艺术品价格被人为操纵，大部分天价作品的成交实际上是"虚假"交易。即使是一小部分真实的成交，这些天价作品的艺术水准和国际地位也被过于夸大。

这两年以写实油画为主体的艺术市场和拍卖天价吸收了中国新兴艺术资本80%的资金，数额达几十亿元。由于大部分投资人不了解自己所投资的当代艺术，从价值意义上看，80%的艺术资本投入写实油画的市场结构实际上是一个严重的战略性错误。

这表现为：油画在国际当代艺术格局中已经不是一个很重要的领域了，中国当代油画尽管依靠"中国符号"的图像找到了一些中国特征，但整体上，并没有完全走出模仿西方艺术语言的阶段。绘画作为一种地域性很强的艺术，中国人就是画得再好，也不可能真正超过西方人。

而且，当代油画达到几千万一件作品的"天价"，而民国初期一代宗师黄宾虹的作品也就500万元左右。即使这个千万拍卖天价不存在"市场欺诈"，也是违背艺术市场的价值规律的，至少目前艺术市场的操作缺乏起码的学术标准，只是被当做一种股市化的投机性的资本运作。

但这种不顾艺术规律并且投机性的艺术品的资本化运作，随着拍卖天价越来越高，很多不明真相的艺术投资人不断涌入，"狼来了"的风险也与日俱增。近年，中国几乎将80%的艺术资本投入到最多只能算作西方二流绘画并且还处在模仿阶段的当代油画领域，从民族主义角度，既不可能为中国赢得新文化形象，从长期投资战略看，要么是一个很无知的选择，要么存在着一种市场运作集团幕后的商业欺诈。

艺术品拍卖的"天价做局"是怎么玩的

假设我是一个艺术炒作人或炒作集团，首先，找某个在艺术圈有一定知名度并且市场价格在10万元左右的画家，跟他签一个三年协议，他每年给我40张画，三年就是120张，每张以30万～50万元左右收购。一年后就开始在拍卖会上炒作，每张30万元收购的画，拍卖价标到100多万元，两年后再标到500万元甚至1000万元一张。标那么高的价格没有人买怎么办？我安排"自己人"和一群真买家坐在一起，假装举牌竞拍制造一种"很多人抢着买"的现场气氛。这就叫艺术拍卖会的"天价做局"。

在第一年，我在拍卖会上以高价卖掉1/10的作品，将成本全部收回。剩下的画在拍卖会上慢慢用天价游戏"钓鱼"，卖出一张就是暴利。在第一轮拍卖游戏收回成本之后，我就跟拍卖公司谈好一个协议，每次送拍把每张以三五十万元买来的画的价格标到1000万元，如果没有买家接手，就由混在竞拍人群中的自己人举牌"假拍"，假装这张画有人买下了。这种"假拍"不可能按照10%付佣金，因为1000万元按10%的佣金算至少要付100万元，我事先已经跟拍卖公司秘密谈好一个固定佣金，比如我"假拍"的价格不管多高，我都只付20万元佣金。

那么为什么卖不掉作品也要玩这种"假拍"游戏呢？一个是有广告效应。即使拍卖不掉，我就当是付10万元广告费，将我所谓的"藏品"在拍卖会上露脸做广告。

另一个更重要的原因是"钓鱼"：拍卖会上将天价作品卖掉，其实就是一个"钓鱼"的过程，有时不是一次拍卖会就能"钓鱼"成功的，往往要在一年的好几场拍卖会上才能最终钓到一条"大鱼"。前面两次拍卖会没有将天价作品出手，到第三次拍卖会也许就会出现一个不了解行情的新收藏家，一激动就把天价作品买走了。

"天价做局"一般都是将"天价油画"卖给两种人，一种是刚入场的新收藏家，另一种是刚入场的艺术投机商。前者是真想收藏当代艺术作品，后者是把艺术拍卖会当做股票市场来投机一把。

新收藏家主要是这10年新崛起的富豪阶层，资本背景来自各个领域，比如房地产、煤矿、IT、广告、设计、医学、军工、金融证券、传媒、影视等，这些新富豪钱来得太快太多，刚开始热爱艺术又不太懂艺术，但个性很强，只凭个人感觉决定，他们中不少人也去过欧美，知道一些欧美现代艺术和拍卖的价格。他们因此觉得中国新艺术的拍卖价格也应该和欧美接轨，他们愿意用钱在拍卖会上来推动中国的新文化形象和国际地位。但这种很纯真又不惜一掷千金的民族主义情怀被艺术炒作集团敏锐地发现，并被利用来牟取暴利。

后一批所谓的"艺术投资人"是从国画、股市和金融领域转过来的。在国画拍卖领域，不少国画买家因为明清、民国时期的"假画"太多，比如齐白石、张大千等在拍卖会上出现大量假画，很多买家深受其害，纷纷转向当代油画拍卖。这批买家觉得当代油画至少没有"假画"。股市、房地产炒作领域的不景气，使得许多金融、房地产资金这些年涌入艺术市场，很多炒家使用的手法还都是股市、房地产的游戏手法。

收藏界的老手一般是不会去买"天价油画"的。从表面看，这两年中国当代艺术和当代油画全世界的买家如云，无论是国内各大拍卖行，还是在纽约苏富比、香港的佳士得，一片热闹。但真正的欧美买家几乎没有，基本上是中国人在全世界跑来跑去，纽约苏富比拍卖会场坐的很多是北京、上海飞过去的中国人，而像希克这种中国当代艺术的主要买家从未碰过"天价作品"。

这些年一些艺术炒作集团的策略是跑到纽约、香港的国际著名拍卖行去"天价做局"，手法与在内地拍卖行"做局"如出一辙，但更具欺骗性。这种"天价局"主要是忽悠东南亚的华侨和内地的新贵阶层，他们觉得自己在纽约苏富比上，可以像欧美富豪一样体验大国崛起。他们觉得苏富比拍卖会总不会有诈，实际上想错了。

天价暴利与"价格谎言共同体"

"天价做局"在艺术圈早已不是一个秘密。但为什么总是没有人真正捅破这层纸，而让这个游戏把每个人都当做"白痴"？直接原因是：买了"天价油画"的人即使知道被"宰"了一刀，也并不想破这个局，因为他还想借这个局将手中的"烫手山芋"扔给下一个新买家。新"被害人"再制造下一个新新"被害人"，来替自己垫背。就像股票市场一样，股票狂跌的受害者总是最后一轮接盘的人，拍卖市场也是这个道理。

一些在拍卖会上被包装成天价明星的画家为自己申辩，他的画被标到2000万元拍卖，他们没有分到1000万元，因为这张画是以前以30万元或者50万元卖掉的。但拍卖天价对这些画家是有好处的，因为会形成一个价格舆论，以及不断加强的社会知名度，并使他和他的绘画成为艺术圈的话题中心。

当然，拍卖天价和画家私下销售价不是同一个价格，甚至可能只是拍卖天价的1/3不到。如果天价作品是艺术史代表作也就算了，但问题是不少天价作品都只是近两年刚完成的新画。即使昨天在一个拍卖会上某画家的拍卖天价标到1000万元，第二天画商或收藏家直接找上门买画的成交价可能也就200万元左右。这样在拍卖会上以天价买下新作品的收藏家就比较冤枉了。

拍卖天价尽管也有真实成交的，但大部分是"表演价"。这也表现在当代摄影上，同一件摄影作品直接找画廊可以拿到比拍卖会标价便宜很多的成交价，这个圈子很小，很快大家就不再去拍卖会上买摄影作品了，拍卖会上的摄影价格就成为一种"表演"。但从场面上看，每一件作品都没有流拍，而被假装拍卖出去了。

一个拍卖天价出笼后，全国各大媒体开始不负责任地宣传"中国当代艺术的拍卖又创新高"之类的报道。然后，各大专业艺术媒体也跟着开始新一轮分析当代艺术市场下一步的大好形势，各种批评文章出笼分析这些天价作品的艺术史意义，各路记者纷纷采访这些天价明星。一些三四流画家以及年轻的"70后"、"80后"画家也紧跟着模仿拍卖天价的绘画风格。更为可笑的是，有些长期不成功的已经没有自信的画家，居然把这几年所有市场成功的绘画风格的特征全集中在一个画面上，比如光头、绿狗、狞笑的脸、全家福合影、桃花、卡通等。

整个艺术圈因此形成了一个以拍卖天价为轴心的价值标准链条，拍卖天价成为真正的学术"权威"，谁的作品成为天价明星，他也就在江湖上变成"学术代表"。越来越多的年轻艺术家相信只要找到了资本支持，挣到了钱，其他一切就不难搞定。批评家可以花钱雇用写文章，学术杂志可以花钱买版面，拍卖会可以找老板做局，只要江湖上传说你挣了几百万或者几千万，你就是一个人物了，别人马上会对你刮目相看。

当代艺术圈近年似乎不断在集体无意识地制造一种近期的"市场价

格上涨信息共同体"，尤其是在北京的798和各大艺术区，每一个艺术家都在主动地"露富"，告诉你我最近卖了50万元，或者最近有人准备买我100万元的作品。如果你善良地信以为真，再将这件事情告诉其他人，你就等于加入了一个"价格谎言共同体"。为什么说这是一个"价格谎言共同体"？因为每个人卖了25万元就说自己卖了50万元，卖了50万元就说自己卖了100万元。这样不断地说给周围的朋友听，朋友再传给朋友，造成这个人的作品现在买得很火的江湖传闻，时间长了，经过很多人的嘴形成"口碑"，某一个艺术投资人或画廊老板信以为真一冲动，也真有可能跑来赶快投资。这种天方夜谭的例子确实发生过不少。

挂在墙上的股票

牟建平是国内资深艺术市场评论人，曾在《艺术市场》、《文物天地》、《收藏》、《收藏界》《艺术与投资、》《鉴宝》、《中国文物报》等报刊发表文章数百篇。他在《艺术市场》发表的一篇名为《艺术品的八大财经特征》文章，在业界产生了大影响。

随着近几年国内艺术品市场的火热，艺术品收藏已逐步演变成为一种新兴的投资工具，以致在媒体上人们常常将它同股市、房市一起相提并论。这一点由国内艺术品拍卖成交金额快速放大，新买家投资人的不断涌入便不难证明。更有许多人将艺术品视为"挂在墙上的股票"，购买艺术品已成为不少投资者的新型投资组合之一。眼下，艺术品正日益"股票化"与"财经化"，因此，了解艺术品的股票特点，找寻它与股票的联系与区别，就显得十分必要。它有助于艺术品买家投资人少走弯路，规避风险，实现利润最大化。

在股票市场，人们总喜欢将同一类或行业的股票进行比较，来衡量一只股票是否具有"比价空间"，未来是否有上涨的机会和可能。在流通盘相近的情况下，一只股票价位低于同类股票时，会发生补涨；而当一只股票价位明显高于同类股票时，会发生"补跌"，最终缩小两者的价格差异，这就是"比价效应"。

在艺术品市场中上述"比价效应"也同样存在。如某一画派的"明星画家"价位出现拉升后，与他具有相近知名度与艺术成就而价位较低的画家，就会因"比价效应"而受到藏家的关注。在吴冠中的画价屡破千万元大关后，买家就会在老画家中去进行价值挖掘，像靳尚谊这类的画家的价位才会上涨，1601.6万元的《画僧髡残》和896万元的《孙中山》的出现也就不难理解，这恰恰是"比价效应"在市场中起作用。同样，以"写实画派"为例，杨飞云、王沂东的画价高居在上，艾轩的画价也不可能较低，相同知名度的画家其市场价位会出现比价靠齐，低者逐渐向高者看齐。

在艺术品市场，大的画廊和收藏家就是庄家，散户通常是指普通的投资者。因为大画廊具有某一画家的签约代理权，它具有定价权、话语权，它们同拍卖公司也保持着紧密的合作伙伴关系，画家的市场行情大多由它们运作和操控，它们往往在很大程度上左右着画家一级市场价位和二级市场的行情，所以称它们为"庄家"可谓名副其实。因为在一个艺术品市场中，离不开庄家的参与，没有庄家，市场难以活跃。画家如果没有专业画廊的包装宣传，凭自己单打独斗，价位的涨升势必相当缓慢。

蓝筹与垃圾是股市最常见的用语。在股票市场中，蓝筹股是可以长期持有的投资型股票，垃圾股只是适于短炒的投机类股票。

如何"选择蓝筹，回避垃圾"在艺术品市场中是买家投资人时时面临的一大现实问题。在艺术品领域，"蓝筹"通常是指历史上已被公认的大师之作，或代表一个时代制作工艺顶峰的标志性器物。大师的画作每每被藏家视为"硬通货"，是真正的"蓝筹"，永远升值抗跌。以徐悲鸿的作品为例，其真迹无论是国画还是油画，从来都是市场热烈追逐的对象。徐悲鸿的《奴隶与狮》拍出5000多万元的不菲天价，只因为即使这样的价格在未来恐怕仍具有不小的上涨空间。同样，圆明园铜马首以6910万港币成交，也是这个道理。而"艺术垃圾"多是指那些缺乏艺术含量与学术价值，仅仅靠单纯市场炒作发迹的"名家"之作，收藏投资这类作品，其最终结局只能是投入大幅缩水，甚至血本无归。客观地讲，无论是当代油画还是当代国画市场，都不乏这样的艺术垃圾，投资者对其采取回避策略是上佳选择。

在股票市场中，主要有长线与短线两种操作手法。炒短线的人，多在买进的股票有了一定的涨幅，在几天或一两周后便迅速抛出，因此这类人被戏称为"快枪手"。短线高手喜欢快进快出，追求短线收益和资金利用效率，一只股票一般不会在他们手中攒一个月，所谓"积小赚为大赚"。另一类人则偏爱做长线，他们往往并不在意短线的价位波动，而看重长期走势，讲究长期持有。长线操作的收益有时是短线的数倍，有时买进的股票价位都翻番了，他们仍不想卖出。两者的操作理念差异很大。艺术品也同样存在长线与短线这两种投资手法。

在长线投资方面，香港大收藏家张宗宪就是一个最好的例子。自20世纪80年代中期开始，张先生由收藏瓷器转向收藏近现代名家书画，经过20年的努力，举凡近现代大师如吴昌硕、徐悲鸿、张大千、齐白石、潘天寿、傅抱石、林风眠、李可染等的画作都尽入囊中，仅齐白石一人的作品就超过上百件。2006年，适逢张宗宪80大寿，香港苏富比隆重推出"张宗宪珍藏近现代中国书画专场"，自此张先生开始陆续分批抛出手中的藏画。这些近现代大师藏画在购进20年后，升值已相当可观，堪称为艺术品长线收藏投资的典范。

随着国内艺术品市场的升温，许多买家开始越来越热衷做短线投资，这一点在当代油画上尤显突出。在一些拍卖会上经常会看到这样的景象，一件油画春拍上拍后，秋拍又现身了。艺术品像股票一样被快速的买进卖出，有的短线客也由此背上了投机、炒作的恶名。当然我们不该过度鄙视这种短线行为，但艺术品究竟是否适合做频繁的短线买卖？这确实是一个值得探讨的话题。艺术品毕竟不同于股票，它的交易佣金高于股票数十倍之多，交易成本过高，无疑使艺术品再增值的风险加大。从国外成熟艺术品市场的经验来看，一件艺术品的交易周期多在5～10年以上，而很少出现像如今国内这样在一两年内多次交易的"超短"行为。

对艺术品这个特殊的品种来说，中长线收藏不失为较佳的投资方式，而不应该把它当成一个纯粹的短线投机品种来看待。

"题材"与"板块"，在股市中是使用率很高的词汇。"题材"换言之就是所谓"概念"，如2008年奥运会在北京举办，于是北京的多只股票如中体产业、王府井、北京城建、北京巴士就被当做"奥运概念股"来炒作一番，常见的"题材"有资产重组、奥运概念、入世概念等。而所谓"板块"，就是将一些在行业或地域上有关联或企业经营上有相同特征的股票视为一个有机整体，当板块中的某只股票上涨之后，股民便以其为示范而跟风炒作板块中的其他股票，从而形成板块的联动效应。常见的"板块"如金融板块、石化板块、钢铁板块、医药板块等不一而足。

题材和板块，有些确是有宏观面支持的，但很多则是牵强附会的。在很多情况下，概念和板块大多是舆论为即将被炒或正在炒作的股票制造的借口和缘由而已。当一些机构大户要炒作某些股票或已做好炒作准备时，他们就会利用宣传工具为这些被炒的股票找出一些理由，从而引起散户的注意和兴趣。当散户踊跃跟进抬高股价时，题材或板块的发明者便大肆拉抬顺利出货，从而达到牟利的目的。因此所谓概念也好、板块也罢，通常都是机构大户用来引诱他人跟进的诱饵，当他人一哄而上将股价抬高时，也正好是它们获利出货的大好时机。一般来说，概念和板块的制造发明者都是有备而来，跟风炒作者都难以逃脱高位套牢的命运。

在题材和板块上，艺术品拍卖市场虽远不如股市那样繁多，但花样也不少。板块有当代艺术、书画、瓷器工艺品、玉器、家具等众多方面；题材方面，书画曾炒过"海外回流"、"石渠宝笈"等概念，油画像"红色经典"、"写实油画"、"80后"也被市场拿出来"说事"。进入2008年，"20世纪华人经典油画"又在内地推出。市场活跃需要新概念题材的不断涌现，毕竟藏家总是"喜新厌旧"，新题材能招来更多的"眼球"。目前市场上流行的各种题材及板块，有些是货真价实的，有些是徒有虚名的，藏家应该认真分辨，不可盲目介入。真正的艺术品并不是仅仅依靠所谓新颖的概念来吸引藏家的，而是凭借自身真正的艺术实力与含金量来博得买家的青睐。反观一些包装出来的"新概念"和"艺术品"，大多是有名无实、价格虚高、一时一势的。投资者应该更多地关注艺术品本身，不要被市场中时髦的概念所迷惑，收藏一些缺少价值的垃圾。

新啤酒总会有泡沫

在2008年最新全球千万富翁排行榜中，资产超过2500万美元的中国超级富翁人数近4000人，位居全球第5位；而拥有百万美元金融资产的富豪人数达34.5万人，仅次于日本，位居亚太第二。这样庞大的数字背后出现了大量的游资。在长江三角洲附近就有6000多亿元游资在寻找投资方向，"当今艺术市场最不缺乏的就是钱。"这已经成为艺术界公认的现象。

在我国近现代绘画史上，国画大师傅抱石个人的《雨花台颂》，在2006年北京嘉信艺术品拍卖会上以4200万元成交，创下单幅国画拍卖最高记录，2008年，北京中国嘉德2007秋季拍卖会上，明朝画家仇英的《赤壁图》山水人物手卷，拍出7100万元，又创出了中国书画拍卖的新纪录；但从总体上看，传统的中国书画的成交价格能够超过千万元的还是寥寥无几，与中国当代油画动辄几千万的天价形成了鲜明的对比，有业内人士认为，这种反差说明了天价作品的不正常现象，但在画家叶永青看来，做这种类比没有任何意义。

叶永青说："我们每个人都知道齐白石是大师，李可染是大师。我们大师的作品拿到国际上，没有人能够看得懂他们，因为这是我们中国人自己的东西，日本曾经把它们国家最好的日本画家的作品，'顶到'最高的价格，然后也向全世界推出。当时东山魁夷的一张作品在日本是60万美金，但拿到西方去20万美金也卖掉，在西方没有人知道这些。"

按照叶永青的判断，作为西方舶来品的油画，在进入国际市场时，自然要比东方传统的绘画形式更容易让国际买家接纳。但朱其的观点针锋相对，中国油画画得再好，也没有超过同时代欧洲的绘画水平。中国当代作品之所以能够达到欧美顶尖艺术家的同等市场价格，明显是投机资本的恶意炒作。"

朱其说："我觉得油画作为一个外来的品种，即便你画得再好，在西方也就是一个二流绘画的，那么我想这就好比日本人画中国山水画，他们从唐朝开始就在学中国的山水画，学了几百年也未超过中国人。"

中央美院余丁教授认为，许多国际炒家看准了中国经济发展的机会，就是要借助资本运作的方式炒高中国当代艺术品，让跟风的中国买家在天价位置上接手。日本经济发展的过程中就有这样的历史教训。

20世纪80年代，日本经济进入高速发展时期，其间，日元的不断升值，导致大量过剩资本迅速涌入美国的各个领域和角落，被视为美国象征的洛克菲勒中心大厦，包括美国娱乐业巨头——哥伦比亚影片公司，这些都曾经成为日本人的囊中之物。一时间，无论是工业、房地产还是文化产业，都能看到日本人活跃的身影。当时，多数美国人都在惊呼日本人在"购买美国"。而那时，西方艺术史上各个阶段的代表作，也是日本人疯狂购买的目标。

荷兰画家凡高，后期印象画派代表人物，是19世纪人类最杰出的艺术家之一。他热爱生活，但在生活中屡遭挫折，备尝艰辛。他献身艺术，大胆创新，在广泛学习前辈画家伦勃朗等人的基础上，吸收印象派画家在色彩方面的经验，并受到东方艺术，特别是日本版画的影响，形成了自己独特的艺术风格，创作出许多洋溢着生活激情、富于人道主义精神的作品，表现了他心中的苦闷、哀伤、同情和希望，至今饮誉世界。

余丁说："在20世纪80年代，西方的一些大拍卖行诱使日本大量地购买现代主义和印象派的作品，比如像松下电器，它就花了1亿美元买了一张凡高的《向日葵》。"

日本人一直认为，西方的印象派油画是从日本传统的浮世绘中得到了启发，两者之间有着千丝万缕的文化关联。因而在20世纪80年代日本经济的鼎盛时期，对印象派油画情有独钟的日本人用高价购买了大量这类作品，但从此再也没有找到愿意在更高价接盘的人。

余丁说："日本人有购买力，有购买的欲望，所以在20世纪80年代，日本人是最高价接盘，但后来就再也没有办法脱手了。那么，中国当代艺术品的最终接盘人应该是谁呢？中国人，因为只有中国人会买中国的当代艺术品，这是一个必然的逻辑规律。"

余丁认为，日本人在20世纪八九十年代的际遇正是我们的前车之鉴。那些刚刚走进收藏市场，还不了解游戏规则的新买家，最容易重蹈日本的历史教训。那么，作为这个市场的另一个主体，国内的收藏者们又是怎样看待这个火热又有些迷乱的市场呢?

按照国际通行说法,当人均国民生产总值达到1000～2000美元时,艺术品市场就会相应启动,而我国沿海地区及内地大城市的经济发展已达到这一水平,这和一个国家的经济迅速发展有着很大的关系。而且与世界艺术品市场相比,中国的艺术品市场还刚刚起步,有着很大的空间。但是,凡是能给人带来美好预期的东西总会被资本附身,借助资本的力量使其流光溢彩。正像索罗斯所说,"一杯啤酒总会有半杯泡沫在里面。"有两个问题需要深思:在目前艺术品市场不断出现的各种假象背后,那些不断上涨的交易数字究竟暗含着多大水分?当那些声称"看不懂艺术看得懂市场就行"的老板富豪们,一掷千金买回成百上千假货仿品的时候,他们有没有想过是否值得?长此以往,这个市场还能走多远?

坐着过山车体验心跳：权证的证明

　　股市里很多人都买过ST股票，因为一旦公司资产重组成功往往会带来丰厚收益。然而如果注定就是一张废纸，还会有人愿意出高价抢着来埋单，这样的事情你会相信吗？问题并非看上去那么荒诞，因为2006年夏天，股市里就涌现出一批这样的埋单者，他们买的不是股票，而是权证。2006年5月30日股市大幅下挫，沪深两市几只认沽权证却逆市拔地而起，它们原本没有任何价值，但短短几天涨幅却达数倍，其中领头羊钾肥认沽从0.8元到8元只用了4天时间。这些认沽权证不仅创造了涨幅纪录，更创造了单日上千亿元交易金额的世界奇迹，仅招行认沽的一只权证在2006年6月11日的成交就达到456亿元，这相当于当前香港股市2700多只权证4天成交的总和。就在认沽权证风险急剧膨胀的紧急时刻，监管部门打响了一场力度空前的灭火战，使得它们的价格应声回落。如今认沽权证的交易已趋于平静，但人们的困惑却挥之不去，这种离奇的行情到底是怎样产生的？几只小小的权证何以爆发出如此巨大的能量？

尽管大多数股民也难说出权证这个名词的准确定义，但它所包含的内容却有着足够的吸引力，在行情火暴的时候，用简单的几句话概括就是：稻草变金条，需要多长时间？答案是：几天；金条变稻草，又需要多长时间？答案是：几分钟。——这个"稻草"就是权证。

跟风投机者的"盛宴"

2005年5月，中国股市掀开了股权分置改革的大幕。中小股东的话语权决定着它的成败。然而在他们与大股东关于对价的讨价还价中，一些公司的股改方案难以达到中小股东的心理预期而被否决，此时，权证作为一种创新对价方式应运而生，受到投资者的欢迎。它的基本原理就是，上市公司承诺在未来某个时间，原有流通股东可以一个优惠的价格，向上市公司买进或卖出这只股票，无论未来大盘上涨还是下跌，都可以避免受到损失。这样一个优惠的权利，还可以通过市场进行交易转让。它分为认购权证和认沽权证两种。以武钢股份为例，2005年11月21日，公司实施股改方案，10送2.5股股份、2.5份认沽权证和2.5份认购权证。这意味着，在2006年11月16日，投资者每持有一份认购权证，就有权向大股东武钢集团以2.62元的价格买入一股股票，而临近行权日，武钢股份的价格收盘价已经接近3.50元，每份认购权证给投资者带来了

0.85元的行权收益，而认沽权证如果行权则意味着要贱卖股票，每份将亏损0.68元。更典型的则是招行认沽，2007年的8月27日，招行认沽就要到期行权，面对已经涨到30多元的股价，谁还愿意以5.48元这样的行权价卖出呢？事实上，正是一年多来中国股市的空前大牛市，使认沽权证逐渐变为一张废纸。

股改权证自上市以来就与投机"结缘"，它所激发的投机力量之大超出了人们的想象。

这种疯狂可以用两组数据来说明：2005年12月6日，即钢钒PGP1、万科HRP1和鞍钢JTC1上市的次日，它们与已有的宝钢JTB1、武钢JTB1和武钢JTP1一起，6只权证创下了101.8亿元的成交额，当天整个沪深股市1300多只A股的成交总额仅为78.9亿元；2007年前5个月，A股市场权证总成交金额突破了2006年全年的总和，达到2200多亿美元，超过同期香港的1350多亿美元，期间香港共有权证2700多只，而A股市场仅有10余只权证。

对暴利的追逐，诱使很多人投身于权证买卖，幻想着一夜暴富。

上海证券交易所公布的《权证市场交易行为分析》显示，2008年5月进行过权证交易的账户有142.91万户，其中当月进行了10次以上权证交易的账户占29.14%；5月的最后一周，归于"危险"类别，即资金周转率（当月交易总额/月均资产规模）大于等于2000%的账户有4.13万户，占当周交易账户总数的6.02%。

权证投机的另一个表现，是认沽权证与正股表现往往背道而驰。

在香港股市，权证也被用于投机，但这种投机很有逻辑，也就是需要分析相关资产的价格走势。举例来说，中移商银806（03582）是红筹股中国移动的认沽权证，行权价120港币，换股比例100，6月10日到期，6月3日是最后的交易日。5月22日，中国移动的收盘价为130.1港币，上述权证的内在价值为零，而且马上到期，是典型的"末日轮"。这一天

03582的卖盘挂在港股的最低报价为1港仙（即0.01港币），无人问津。

第二天（即5月23日）风云突变，电信行业重组的消息出台，由于担心中国移动的市场份额会受影响，股价大跌至125.1港币收盘，虽然这还没有跌破该认沽权证的行权价，但继续下跌的预期使得投机者开始买入03582这样的"末日轮"，赌股价暴跌，这一天03582收盘在1.6港仙。

第三个交易日是5月26日星期一，恐慌性卖盘蜂拥而出，一直把中国移动砸到114.9港币收盘，03582也因此"咸鱼翻身"，由"末日轮"变为价内权证，价格最高涨到8港仙，前几天还在自认倒霉等待归零的投机者们顿时眉开眼笑。

由以上例子可见，香港权证的涨跌与正股走势高度相关，分析正股因此成为买卖权证的重要决定因素之一，而不顾正股走势单凭资金实力狂炒权证则是死路一条。

在《证券市场周刊》主办的一次研讨会上，当被问及香港权证的投机程度时，香港大福证券研究部董事总经理麦德光略带调侃地说："起码香港市场从来没有出现过认购证和认沽证一起涨的情况。"

而在A股市场，认沽权证不按"牌理"出牌、逆势上涨的"好戏"却连番上演。

招行认沽权证自2006年3月2日上市到2007年8月24日，不到一年半的时间里成交总额达11 416亿元，超过万科A沪深发展16年来的交易额之和。最高日换手率达到1211%。

然而，疯狂交易的只是一张废纸。招行认沽权证的行权价是5元多，而招商银行正股自认沽权证上市之日起就没有跌破过行权价，到期前的最后一个月正股价基本维持在30元以上，权证属于深度价外。

2007年以来，沪深股市凭借区区十几只权证，就取代了拥有2700多只权证的香港市场，成为世界成交金额最大的权证市场，实际上仅6月一个月，成交额就达到了1.8万亿元，是香港上半年交易的总和。

南航认沽权证于2007年6月21日上市，南方航空的正股价也从未跌破过行权价7.43元，但这丝毫不妨碍南航认沽权证一上市就拉抬两个涨停，一度炒至2.603元的高价，按照这一价格，南航正股要跌到2.22元才有行权价值。

权证投机狂潮在认沽权证钾肥JTP1到期前一个月达到顶峰。钾肥认沽权证的行权价为15.10元，而行权当月(2007年6月)盐湖钾肥的股价始终在34元以上，因此认沽权证一文不值。但就在距离最后交易日不足一个月时，钾肥认沽权证仍被疯狂炒作，曾在4天里暴涨858%。

最离奇的故事出现在最后一个交易日，一个自称"钾肥义庄"的声音出现，在某网站发帖称要拿出一半的利润来为散户埋单。此后，钾肥认沽权证的走势与其发帖内容惊人吻合。钾肥认沽权证全天换手1741%，上午的涨幅一度超过70%。收盘前最后一笔成交1166万股，让早已是废纸的钾肥认沽权证定格在0.107元。市场一片惊愕，炒家之疯狂与嚣张令人叹为观止。

在权证投机中，只有部分炒家明知权证的实际价值为零，但为了牟取暴利而推高价格，诱使不明就里的人上当。还有相当一部分股民根本不知道权证为何物，只因沉浸在暴涨的幻想里而落入圈套。

由于对金融衍生品的懵懂无知，类似把权证当做股票；盲目追求高杠杆、超出了自身的风险承受能力；该行权的不行权、不该行权的却误行权；忘记看行权比例而算错价格；抱着"赌一把"的心态盲目追涨杀跌；不知道是最后交易日、贪图绝对价格低而买入，结果被归零等现象屡见不鲜。

华生，燕京华侨大学校长，两年前，正是在他的积极倡导下，股权分置改革采用权证作为一种对价支付方式。他认为："爆炒权证的人就是在赌博，就是希望自己接的不是最后一棒。对这种投机的现象，你很难给出一个经济学的解释了，因为它本身就是毫无价值的东西，它可能完全是受心理学和投机法则的支配。"

吕小萍作为方正证券客户服务中心的负责人，告诉记者，由于权证交易具有四两拨千斤的杠杆效应，可以进行T＋0当日回转交易以及不用交纳印花税等特点，一上市就成为那些心存一夜暴富心理的散户跟风者投机的乐园。这些懵懵懂懂的权证持有者，有时也经常参与跟风投机，但是她的这个营业部数据显示，亏损率高达90%以上。

价格在天堂与地狱间起伏

"真吓人呀！两天狂涨300%！"当股民发现南航JPT1，仅两天时间就由每份0.422元变成了1.547元，不由得发出阵阵惊叹。

自"5.30"大跌以来，振荡的股市突然成就了权证盛宴。从2007年5月30日至今，认沽、认购权证轮番表现，上演了一场投机大戏。从财政部提高印花税以来，上证综指在短短5天从最高4335点下挫至最低3403点，几乎跌去1000点，特别是2007年6月4日，沪深股市遭遇历史上最大单日跌幅，近千只股票跌停。然而就在大盘暴跌之际，久已被冷落的权证因为可以不用交印花税，受到了一些股民疯狂追捧，呈现出罕见的井喷行情，成交额及涨升的幅度和速度令人瞠目结舌。

权证分为认购权证和认沽权证。认购权证约定持有人在规定期间内或特定到期日，有权按约定价格向发行人购买相关证券。当行权时股票市价高于认股价时，称为价内，投资者就可获得差价；反之，行权时股票市价低于认股价，则称为价外，投资者就一分钱也赚不到，这时认购证就像一张废纸。认沽权证与认购权证正好相反，约定持有人在规定期间内或特定到期日，有权按约定价格向发行人出售有价证券。当行权时股票市价低于认沽价时，称为价内，就可获得差价；反之，如果行权时股票市价高于认沽价，则称为价外，投资者就一分钱也赚不到，这时认沽权证也成为废纸一张。

可能成为"废纸一张"的权证，何以让那么多人趋之若鹜？由于权证每份金额较小，门槛低，再加上实行"Ｔ＋０"的交易形式，当天可以多次交易，涨跌限制的幅度比股票大很多，所以很容易吸引许多小规模资金加入。此外，权证交易热也与印花税上调有一定关联。由于股票交易印花税提高，频繁交易的成本也随之提高，而权证交易没有印花税，更多的人可能会选择这种低成本的交易。

权证过度炒作加大了投资者的风险。有些认沽权证价格已经超过了其行权的最大收益，特别是钾肥权证，其行权期为6月25日至6月29日，行权价为15.1元，钾肥认沽权证行权比例为1：1，投资者每持有一份钾肥认沽权证，有权在25日至29日以15.1元的价格向权证发行人卖出1股盐湖钾肥股票。只有盐湖钾肥股票价格跌到15.1元以下，钾肥JPT1才有价值，而目前盐湖钾肥股票价为45.50元，已不可能跌到15.1元以下，因而该权证现已一文不值。

针对权证市场的非理性爆炒，业内人士强调，权证不宜当股票"捂"，权证都有约定的行权时间，过了行权时间，权证将不复存在。因此，投资者尤其要回避即将到期的价外权证，而不要管它的价格有多低，因为这些品种很可能到时会一文不值，如果投资的话，将面临100%亏损的可能。

据悉，为了遏制权证的疯狂投机性炒作，维护市场交易秩序，保护投资者合法权益，监管部门提出了三个方面明确的意见：各家创新类券商必须带头做好投资者教育工作，揭示权证投资风险。在账户管理上要有效控制，对于风险、问题账户要杜绝交易。上海证券交易所目前已对近期交易异常活跃的营业部展开调查，并对交易活跃的账户发出了监察警示函，如果这些账户继续大肆炒作，将限制其权证交易，并视需要做出进一步处理。交易所将更加积极地支持券商根据自己的风险成熟能力创设更多的权证，以平抑市场。

权证大户之道

投资者参与权证交易前都必须到证券公司签署一张权证风险揭示书，但它更多的是一种风险责任的法律界定，投资者如果对它敷衍了事，不去认真了解其中的风险，则注定会成为市场的牺牲品。作为一种金融衍生品，认沽权证和其他投资品种相结合具有避险的功能，但是如果单纯对它进行炒作，则有如一枚硬币的两面，盈亏难料。而大多数投资者正是把它当做了一个纯粹的投机品种，当前加强投资者教育，一方面可以让很多不明就里的人远离这个市场，一方面可以让那些甘愿投机的人量力而行。但是T＋0交易和高杠杆属性，或许已经注定了认沽权证有着众多忠实的追逐者。事实上他们就是在相互博弈，一部人赚了另一部分人的钱，因为它的最终价格就是零。这里有一个数据，在2007年6月参与深市4只认沽权证交易的账户，盈亏基本各占一半，然而当这些权证纷纷从天价迅速回归的时候，注定赔钱的人要远大于赚钱的人，而且交易越是频繁，亏得概率越大。面对营业部墙上的"股市有风险，入市要谨慎"的警示，并不是每个人都有资格一笑而过，置若罔闻。在这个市场中，弱势者注定将被淘汰出局。那么强势者又凭借什么成为强者呢？

宗兆昌，海通证券南京业务总部的负责人，其属下广州路营业部6月权证交易量超过400亿元，名列全国第三。他告诉记者，其中大部分交易量都是专业权证炒家带来的。

宗兆昌说："这个营业部在南京，但是它的权证交易客户，有的是河北的，有的是云南的，可能外界不知道，这些客户是坐飞机来开户，开完户走了，他的目的是什么呢，目的是享受客户群互相之间的一些交流。"

由于历史渊源，多年来，这个营业部一直聚集着一批短线高手，追求资本的快速增值。而权证T＋0的交易制度，恰恰符合他们的交易习惯和技术要求，给他们提供了一片投机的沃土。宗兆昌介绍说，往往一个客户成功，会带来一批模仿他的追随者。"他们刚开始的时候，也都是几万元，每个人几万元，我记得超过10万元的客户就很少了，都是5万元、7万元，慢慢每天积累，他每天不用赚多，每天赚2个点、3个点，但是一年下来，复合收益率非常高，那是1.03的N次方，是很可怕的。"

宗兆昌告诉我们，这些几万元起家的客户现在不少都达到上千万元，他们大部分平时在家里交易。一天往往能达到几个亿的交易金额，主要就是靠频繁的回转交易。"他们自己也知道这个品种是没有价值的，持有的时间非常短，买进去两三分钟就卖了，我们这里的客户，甚至有这样的笑话，就是说去上厕所之前要先清仓，清完仓再去上厕所，当然这种趋势太短，但是越是很短的趋势，他自己认为越安全。"

宗兆昌把这些专业权证客户称为"一分钟趋势跟随者"。相比行权价值来说，权证的时间价值更重要，只要行情有令他们心动的波幅就可以参与。其实他们并不幻想一夜暴富，但这轮认沽行情还是让他们享受到了超额的回报。然而空中楼阁一旦轰然倒塌，他们又凭借什么独善其身呢？

宗兆昌认为："交易速度快，实际上就达到他们的交易速度，我想99.9%的客户是做不到的。下单的速度、敲键盘的速度都做不到，更不要说再去寻找品种，判断趋势，基本上在几秒钟之内完成一次交易。"

4台电脑看不同的行情，下不同的单子，让权证投资大户练就了眼观六路的本事。他们甚至在上厕所之前都要平仓控制风险。

速度是这些专业权证炒家的生命线。闭市以后，这里的一个权证大户杨文勇接受了我们的采访。进入他的交易室，桌上四台整齐排列的液晶屏分外抢眼，让人不难想象权证行情的瞬息万变。

杨文勇说："有的券商权证交易系统可以支持一个账户打开多个窗口，我先把它的单子都填好，然后就是我觉得我要买这个品种的时候，就第一时间，按确定就行了。"

4台电脑看不同的行情，下不同的单子，让小杨练就了眼观六路的本事。他现在的2000多万元资金也是几万元起步的。

小杨告诉我们，由于可供选择的权证品种太少，现有的权证品种他都做过。让他着迷的就是T＋0的反复波段操作，他说，如果股票也能这样，他自然也会炒股票。

杨文勇："因为这个池子太小了，大量的水进来后，它的水位就很高。并不是说我们大家非要把这个权证市场炒得很高，而是因为没有多少权证可供我们选择，当我们大家都选择一个权证的时候，它的价格自然就高了。"

小杨告诉我们，刚开始的时候他都是通过短线技术指标来判断买卖的时机，如今熟练了，买卖已经变成一种机械模式，更多的是靠一种直觉和本能的反应。

"末日轮"义庄真相

在认沽权证市场里，人们比拼的是敏锐的嗅觉和交易的速度，谁做得更好意味着谁就拥有更多的逃生机会。这些权证交易者们在同一起跑线上，经过两年市场的洗礼，如今各自的资金实力、心态和话语权都已经出现巨大的分化，这让一些弱势群体开始更多地寄希望于能与大户同行，搭上他们的顺风车。网络是他们的一个重要交易渠道，网络上的权证论坛也是他们获取信息、相互交流的平台。在这里他们有着很多自己特定的语言，例如把自己称为"沽民"，即将到期的权证被称为"末日轮"，每一个品种也都有自己的昵称，例如钾肥认沽叫做"肥姑"等。在2007年6月22日钾肥认沽的最后交易日，正是在一个网络论坛里，诞生了一个十分轰动的传奇故事，它告诉人们，正是源于散户与大户之间种种微妙的心态，使得网络已经沦为一些人的牟利工具。

6月22日是钾肥认沽权证的最后交易日。这一天记者来到方正证券杭州的一家营业部。邢铁英是公司衍生品市场的研究员，一开盘这只"末日轮"的异常表现就引起了她的关注。

记者看到，在开盘后短短十几分钟里，"肥姑"的价格就从0.37元扶摇直上，涨到了0.9元。邢铁英告诉记者，这种临终谢幕前的爆炒以往在武钢认沽权证上也曾出现过。不过她肯定地告诉记者，收盘最后时刻"肥姑"只能有一种结果——那就是向1厘钱的最低极限价格发起冲刺。然而时间过去了一个小时，这只末日轮仍似闲庭信步一般，价格横在0.8元的高位。什么原因才能解释眼前的行情呢？

邢铁英："有可能有一部分资金进去后，投资者是0.8元的成本，价格涨到8元钱，翻了10倍，他只要卖出手上筹码的20%～30%，他的成本就全部收回了，所以这个时候他可以不急着卖，即使跌到零，也无所谓，已经赚翻了。"

记者："你肯定这里面有一个超级主力。"邢铁英："肯定是有资金进去的，不然价格不会上这么高。" 然而就在邢铁英此刻解盘的时候，在一个股票网站钾肥认沽所属的论坛上，出现了一个十分诡异的帖子，竟与邢铁英的判断不谋而合。

"都把握好逃生机会，我绝不会置散户于不顾，最后拿出这些天的一半的利润来给大家一个机会，想走的就抓紧走。"

这个帖子登出的时间是上午10点34分，令人惊异的是，随即出现的几个帖子与"肥姑"的表现也都基本吻合。原来这非同寻常的行情背后真的有着一个非同寻常的"庄家"，这让众多的沽民发出惊叹。

"都走吧。我不想让大家的血汗钱一夜蒸发。今天算是给昨天过夜的人一个惊喜，最后的机会，不要再赌。终于把红盘撑到中午。"

记者："这样的行情会给普通权证投资者一个什么信号呢？"邢铁英："今天这个行情，我们可以说早上这波上涨的确是有一个诱多的行为，那么很多人可能在上涨的过程中追进去了，现在可能还没有出来。因为我们可以看到到目前为止，11点30分，我们在分笔的成交量上可以看到这个买盘也非常大，而且有几千手、几千手的单子打进去。"

强势行情维持到下午开盘一个小时后，随即"肥姑"开始向零极价格发起冲刺，价格从0.6元快速跌至0.2元。但临近收盘，更加不可思议的事情发生了，发帖人表示"坚决不归1厘钱"，而最终"肥姑"也倔强地将收盘价永远定格在了0.107元，预言再次被证实。而"最后一单由我来埋"的帖子更让人们相信，最后一笔1000多万股的成交也是他的所为，这意味着他为其他散户承担了上百万元的损失。"末日轮"庄家如此义举随后在网上迅速流传，博得无数喝彩，一个月后这个帖子创造了900万点击率的奇迹。然而根据深交所事后调查分析：钾肥认沽权证在最后一个交易日的买卖非常分散，并未发现有人坐庄的证据。

　　然而有业内人士指出，通过在多家券商开设多个账户坐庄，这在理论上也并非没有可能，可目前这种猜测却无从证实。但不难判断的是，如果"肥姑"真有义庄，又真心想解救散户，他就不会反复频繁买卖，而实际上最后一天"肥姑"的换手率却高达17倍。另根据深交所提供的数据，最后一天，参与钾肥认沽交易的4.5万个账户中，出现亏损的多达66.48%。

　　邢铁英说："的确有一批客户喜欢在认沽权证到期的时候去搏傻，因为认沽权证到期的时候权证面额低啊。一毛钱、两毛钱，那么一毛钱，两毛钱万一涨到一块钱，就是10倍，在这个巨大利益的诱惑面前，有很多人就像飞蛾扑火一样，不顾一切就扑过去了。"

　　"肥姑"最后一笔成交数据显示，多达1000个账户共计买入1166万股，平均每个账户只需动用资金1000元。有人据此判断也并非是什么"义庄"来最后埋单，而正是这些众多的抱着以小搏大投机心态的交易者，共同充当了"义庄"，他们中的一些大户，通过网络制造"义庄"神话，意在引诱市场的跟风炒作。

　　"在疯狂的投机气氛中，大批对认沽权证缺乏了解的投资者参与了认沽权证的买卖。当有人通过网络发布所谓拿出利润弥补散户亏损的消息后，听信网络消息的投资者就按照这些指示去操作，结果所谓的'义庄'根本不用出钱，就可以把股价托起来，甚至不排除从中渔利，这种行为和'带头大哥'的操作手法其实是一样的。"有机构人士如此分析。

按照上述人士的说法,真正的"义庄"原来是当天每一个参与了认沽权证交易的散户本身。现在网络上自称"义庄"号召散户买卖股票已经发展成为一种"赢利模式"。

"有三方面的原因导致了最后一天投资者的买卖行为。"深交所相关部门负责人告诉记者。首先,认沽权证是一个新品种,2007年在市场火暴的情况下有很多新的投资者进来,这些投资者对认沽权证的了解并不多,不少投资者不知道当天是最后一个交易日。第二方面的原因则不排除有部分的失误操作,"上述人士认为,"第三方面的原因是部分投资者不了解认沽权证的特点,他们认为当天即使是最后一天买入钾肥认沽权证仍有价值,我们认为,第三点是投资者买卖钾肥认沽权证最主要的原因。"

钾肥认沽权证早已经是废纸一张,按照6月22日钾肥认沽权证的价格行权,投资者每股会亏损约30元。实际上最后的结果也显示并没有投资者行权。

深交所相关部门负责人说:"我们已经注意到,自从市场走好了以后,有一帮人专门利用网络传递信息坐庄或者变相坐庄,号召散户买入,因此我们在进行投资者教育的时候也专门强调,不要相信网络上的这些所谓'庄家'的说法。"

从法律角度来看,"庄家"无所谓"恶庄"、"义庄",只要操纵股市就可能因触犯我国法律而遭到严厉惩处。广大投资者应该正视"义庄"的欺骗伎俩,本着价值投资的理念做出投资决策,千万别跟着所谓"义庄"的指挥棒走。

海通证券南京业务总部总经理宗兆昌说:"不客气地讲,它沦落为一个赌博的工具了,这与我们当初创设权证的思路相反,我进行道义劝告,也会跟踪他的账户,做善意的提醒,那我也只能做这些,毕竟我不是执法者。"

宗兆昌告诉记者，他们这家营业部很多活跃账户在六七月间都受到交易所的监控，很多投资者还接到过电话和书面警告，而像他们这样的权证交易活跃的营业部在上海、深圳还有很多。

如何有效抑制认沽权证的过度投机考验着监管的智慧。6月20日，15家创新券商创设的超过12亿份招行认沽权证获准上市，短短一周时间，权证规模就翻了一倍，甚至超过招商银行股票的流通盘数量。这只权证随即大幅跳水，一向谨慎的杨文勇也因措手不及尝到了权证投资以来最大的一次亏损。

杨文勇："100万股早盘开盘之后是跌了20%多，开盘就损失62万吧。"

记者："然后你怎么操作呢？"

小杨："就马上平掉了，平掉之后再慢慢做。"

记者："像20%的这种割肉的止损幅度是多少？"

小杨："历史上没有过。"

记者："那你给自己定的止损幅度是多少？"

小杨："止损的幅度，一般是在当天之内，我能够控制的一般在1%～2%。"

让小杨不理解的是，既然已经没有了投资价值，为什么券商还要增加供给，盘子越大也就意味着投机的人越多。而创设的券商没有任何风险却瞬间得到了数以亿计的利润，他的这种看法在市场上十分普遍。那么究竟什么是券商创设？简单地说，就是有资格的券商发行与原有权证条款完全一致的权证。例如一家券商创设1亿份招行认沽权证，如果在4元钱的价格上卖出，则可获得4亿元的收入，而其付出的成本是，应对持有人到期卖出股票行权而事先抵押5.48亿元资金的利息。

方正证券客户服务中心副总经理吕小萍："因为现在比较容易见效

的就是权证创设，短、平、快的就是这个措施。这的确对权证不理解的，或者他本身把权证当股票来操作的客户，形成一定程度上的不公平，我觉得这确实会存在。因为你对这个产品不确定，你睡了一觉，可能这个东西就发生了一个变化，它本来的供应量是有限的，现在又扩大了。"

作为创设的券商又如何看待这样质疑呢？

联合证券某营业部分析师董鹏："从交易所的这个角度来讲，它并不是针对招行权证本身的，也就是说，这个整个放开创设的机制，实际上在前一级交易商开会时就已经确定出来了，就是整个这个大原则。"他认为，这次市场争议最大的其实并不在于创设本身，而是创设的时间给了券商高额回报，"主要的原因是大家的额度都已经用光了，子弹打光了，否则，在很快的时间内可能能够把这个权证创设出来。"

董鹏告诉记者，客观上一些券商在3元钱的高位上出售了招行创设权证，获益丰厚，但他们大部分都是在价格暴涨之前就提出了创设申请，申请新的额度导致创设没有在第一时间完成上市，否则就不会有后来的疯涨行情。他还告诉记者，不创设只能让更多的跟风者承担更大的风险。

权证疯狂动了谁的神经

当初在权证重出江湖时，交易所有关人士称，市场对权证已有一定经验和心理准备。然而，如果说宝钢权证开盘时的疯狂不足为奇的话，那么，当它再度疯狂所表现出来的渺视一切的狂妄就未免太超乎寻常了。即使上证所用临时强制停牌方式提出警告并宣称介入调查，宝钢权证也照样我行我素，一周内涨了70%，其日成交量甚至超过了沪市总交易额的1/4。

权证的强悍不仅是对交易所权威的轻蔑，从某种意义上也可以说是挑战。尽管它的桀骜不驯必然招致更为严厉的监管，但给野马套笼头毕竟不是件容易的事。

此次权证复出，交易所准备良久，但暴露的问题还是不少。谁都知道，权证形式虽多，但其要领不仅在于提升利益的杠杆作用，还在于作为备兑工具的风险平衡作用。本来说好两种权证互为配套、双管齐下的宝钢权证，临上阵时却单枪匹马，可以说一开始就背离了它的生存价值。

面对权证投机炒作，交易所缺少有效的监管手段。这一点最主要地表现在宝钢权证的炒作上。

鉴于宝钢权证是首家上市的股改权证，因此，在其上市之初，上证所有关负责人明确表示，宝钢权证"不允许失败"。正是这样的表态，给了市场炒作的力量。继2005年8月下旬宝钢权证高调上市之后，两个月后宝钢权证的炒作再度卷土重来，而且其炒作力度较之于上市之时有过之而无不及，如10月31日这一天，宝钢权证的最大涨幅达到了62%，换手率高达420%。正是基于宝钢权证的这种异常走势，上证所为加强监管，于当天交易结束后，果断地抛出了"调查令"。

然而，"调查令"并未抑制住权证的投机炒作，却换来了权证的进一步疯狂，权证价格继续大幅上升，换手率进一步放大。

面对这种情况，上证所只能杀鸡给猴看，对个别在权证经纪业务中存在交易前端控制不力、为客户违规融资等行为的会员营业部给予暂停权证经纪业务，责令整改处分；并再次强调会员营业部要加强权证经纪业务的风险管理。但这样的处理决定显然没有被"猴"放在眼里，宝钢权证的炒作投机依旧。

被引入抑制权证投机炒作的权证创设制度，其合法性受到市场质疑。正是基于宝钢权证的投机炒作给监管工作所带来的尴尬，为此在武钢权证上市之时，上证所推出了权证创设制度。从武钢权证上市后的走势看，权证创设制度对于抑制权证的投机炒作确实效果显著。

然而，就在管理层以为找到了抑制权证投机炒作的杀手锏时，市场却掀起了一波对创设权证合法性质疑的浪潮。因为股改中大股东推出的权证是对价的重要组成部分，即便是权证的投机价值，那也是权证价值的重要组成部分。而且权证的发放也是经过了股东大会批准的，具有法律效力。

创设制度是指在权证上市交易后，部分有资格的机构可以通过申请来增加与原来条款一致的权证的供应量的机制。从理论上看，创设机制兼具套利和卖空机制双重功能，对减少权证市场泡沫、抑制极端供需失衡现象有非常重要的作用。

供求关系不平衡是导致权证高溢价和价格异常的主要原因。A股早在20世纪90年代就曾推出过权证，由于T + 0的交易特性，以及权证本身的稀缺性，投机炒作的资金充裕，导致认购权证的价格一度超过了正股价格。宝钢JTB1上市4个交易日，权证溢价率就从上市之初的25%上升至39%。之后权证价格虽然一度回落，但资金追捧推动权证溢价率不断上升的趋势已经很明显，11月17日宝钢JTB1的溢价率已超过67%。直到其他权证陆续上市，权证供给有所增加后，宝钢JTB1溢价率才开始回落，由于创设而产生的权证持续供给无疑是导致溢价率差异的重要原因。新权证虽然增加了权证供给，但也提高了权证板块的关注度，导致市场对权证更加强烈的需求，推动权证市场更加活跃。

创设制度的推出让券商看到了饱餐一顿的希望，仅仅一个工作日，13家有资格进行权证创设的券商中就有10家大举创设武钢认沽权证，创设规模达到惊人的 11.27 亿份，超过原权证规模的两倍有余。券商参与创设的积极性之高可见一斑。让券商大举创设武钢权证的动力来自于暴利预期，即创设权证后立刻抛出看上去是一本万利的买卖或者根本就是无本生意。券商的如意算盘打得挺响，然而往往事与愿违，本想着大赚一笔的券商也许应该清醒一下了，9 亿多份的抛盘将武钢认沽权证死死地封住跌停板，而买入者寥寥无几，券商的疯狂套利不排除造成多输的局面，而这应该是谁都不愿见到的结局。

目前在权证大戏中的角色主要有三个：一是管理层，二是券商，三是短线投机性资金。管理层推出权证创设制度的初衷是通过调控权证产品的市场供求关系进而调控市场过度投机的氛围，达到稳定市场的目的。同时由于权证行情的持续火暴分流了主板 A 股市场的大量热钱，使主板面临"失血"困境，不利于股改的顺利进行。

对券商而言，前期的暴富想法也许更多地停留在想象层面上，当10家券商都想通过创设权证发一笔横财时，市场就会出现一边倒的局面，即只有卖盘而没有买盘，券商的财富始终无法兑现，后市券商不排除高兴而来、扫兴而归。此外，由于券商创设的大量权证横空出世，使得原本交投活跃的权证行情被踩了一脚急刹车，这在很大程度上也将影响到券商的交易佣金收入。

对于权证行情的主导力量投机性资金而言，其高涨的投机炒作热情受到沉重的打击，尤其是刚介入武钢认沽权证一周的短线资金目前已经出现近 20% 的亏损，而且亏损额仍面临进一步扩大的危险。由此可见，由创设制度引发的券商疯狂套利行为使得市场各方参与者都没有得到切实的利益。

畅想"新秩序"

2007年以来，沪深股市凭借区区十几只权证，就取代了拥有2700多只权证的香港市场，成为世界成交金额最大的权证市场，实际上仅6月一个月，成交就达到了1.8万亿元，是香港上半年交易的总和。然而"世界第一"的称号究竟又在证明着什么呢？如果说认购权证的暴涨，见证的是中国股市一路向好的信心，那么认沽权证的暴涨，见证的则是巨额投机资本难以分流的困境。

　　权证市场也正如我们的股市一样，从无到有，蹒跚起步，只有通过完善制度，科学监管，丰富品种，它才能最终摆脱阵痛，健康成长，这也是我们共同的心愿。

　　面对认沽权证的过度投机，可以说目前所有能够想到的监管措施基本都已经派上了用场，那么当前在全力进行投资者风险教育的同时，在参照国际成熟市场经验方面，我们还需要怎样的新思路呢？

　　李颂慈，高盛（亚洲）执行董事，在香港有着"窝轮女王"的美誉，在过去的10年间，她参与设计的权证多达几百只。她也是两年前内地权证市场的一位积极倡导者。这个新生事物随后在内地市场所呈现出的爆发力同样也让她颇感意外。那么她又是如何看待当前这种过度投机的现象呢？

　　李颂慈："如果现在真的有问题，也不等于以后有同一个问题。所以我觉得就是学习，每一个人都在学习，投资者也在学习，市场层面、每一个层面的人也在学习。"

　　李颂慈告诉记者，学习不仅是指投资者教育，还包括监管机构如何顺应市场的发展趋势，鼓励推出创新产品来满足投资者多样化的需求。她告诉记者，能否推出备兑权证是关键。那么到底什么是备兑权证呢？通俗地讲，就是由券商自行设计发行的权证，券商事先将部分股票或资金进行抵押来应对到期行权。它与当前券商创设权证最大的不同就是，不再简单地翻版现有的股改权证，品种更加丰富，更适应市场行情的变化。如今海外权证市场，绝大多数都是备兑权证。

李颂慈说："所以如果认沽（备兑）权证可以出来的时候，这真的很有意思，因为现在市场上面所有的产品。其实可以看好，如果市场有一点点的调整，或者不太好的时候，其实基本上没有产品可以去买。或者说我自己已经有很多股票在手了，如果我觉得可能第二天，股票可能有一点点不会太好的时候，也没有一个其他的工具去做对冲，去做避险。"

以当前招商认沽权证为例，5.65元的行权价相对于近30元的股价已经没有避险的价值。因为注定就是一张废纸。但如果有券商根据后来股价上涨的变化推出备兑权证，行权价有的是25元，有的是26元，人们就很难判断股价是否会下跌到这样的水平，不确定性就赋予了它对冲的价值。李颂慈告诉记者，目前香港的备兑权证多达2700多只，其中中国人寿一家公司就拥有近200只权证。

李颂慈说："现在欧美和中国香港特别行政区还有其他一些地方，如新加坡等，有一个规定，每一个认股权证的发行人委派一个庄家，把这个认股权证的价格做一个调控，好像一个警察一样，所以你用炒股的心态对待认沽权证，股票没有动，但是我把这个认股权证炒贵了一点儿的话，对不起了，有一个庄家他可能会令你很失望。"

李颂慈告诉记者，当前内地市场的火暴也让众多海外权证发行商非常渴望进来参与。而每一个市场也都有自己的独特性，权证发行也与他们所处的市场环境相适应。事实上目前内地的部分创新类券商，已经在着手相关的准备。

中信证券交易与衍生产品业务部董事总经理葛小波："未来的备兑权证方面，我们成立了整个的产品设计组合，什么样的产品投资者比较喜欢参与，对于这些产品我们做相应的设计。今后出现了备兑权证之后，某一个上市公司可能会有许多的、不同的行权价，不同的这种行权方式，或者是不同的这种认购、认沽的权证会使整个权证产品多样化。"

燕京华侨大学校长华生："如果是发行备兑权证，那就不存在我们现在讲的对创设的争议了，或者是包括对券商的无风险的问题了，这个市场就跟任何一个市场一样有买有卖，大家都有风险。"

方正证券衍生品市场研究员邢铁英："那么如果我们出现一些像中国石化的权证啊，或者说所有银行股的权证啊，中国平安的权证啊，如果能出现这种大品种的权证，整个市场就非常健康了。并且这些大品种的交易量也会比较活跃，因为盘子大，股票的价格相对来说比较稳定。所以说这个筹码一多，那么这个市场就丰富了，市场提供了流动性疏导的渠道。这样的话就不会出现短短几天之内，几个权证的品种都疯涨的情况。"

备兑权证将从根本上扭转市场过度投机的现象，对于这一点市场给予了普遍的预期。

当前上市公司的股改已经进入尾声，现存的十几只股改权证大部分的存续期已经十分有限，那么我们的权证市场是由此消退还是迎接更大的一轮发展，相信人们并不难做出判断。

正是在2006年夏天，以往并不为人所熟悉的权证成为整个股市的一个焦点，在中国股市发展历程中它写下了重重的一笔，带给人们长久的思考。作为国际市场上一种普遍和成熟的投资工具，它来到我们这个市场，却屡屡显现出南桔北枳的现象。而它也正像一面镜子，照出的不仅是一些投资者知识的匮乏、风险意识的薄弱以及对暴富神话的追逐，同时也照出了一些人积极探索、善于学习、勇于尝试的参与热情。因为任何市场都永远离不开人气和信心。其实权证市场也正如我们的股市一样，从无到有，蹒跚起步，如何通过完善制度，科学监管，丰富品种，它才能最终摆脱阵痛，健康成长，这也是我们共同的心愿。

千树万树梨花开：特许加盟是"馅饼"还是"陷阱"

　　"忽如一夜春风来，千树万树梨花开"，用这句诗来形容当今特许经营在中国的发展一点儿也不过分。打开电视、翻开报纸、点击网站，甚至走在街头，都会有特许经营加盟广告的"身影"闪现其中。作为一个全新的现代营销模式，特许经营已被越来越多的企业所运用，其自身特有的营销魅力让我们身边的众多投资者热情高涨，千方百计地想在第一时间挤进加盟队伍，以免错过投资良机。然而，在众多的特许加盟的机会中，我们也要清醒地认识到，这里不仅有着一张张现成的"馅饼"，也有着一个个隐蔽的"陷阱"。

全新的现代营销模式

连锁店是指众多小规模的、分散的、经营同类商品和服务的同一品牌零售店，在总部的组织领导下，采取共同经营方针、一致的营销行动，实行集中采购和分散销售的有机结合，通过规范化的经营实现规模经济效益的联合体。

连锁经营具有经营理念、企业识别系统及经营商标、商品和服务、经营管理四个方面的一致性，在此前提下形成专业管理及集中规划的经营组织网络，利用协同效应的原理，使企业资金周转加快、议价能力加强、物流综合配套，从而取得规模效益，形成较强的市场竞争能力，促进企业的快速发展。未来零售业不论走向何方，都将迈向连锁经营。

连锁经营可分为直营连锁（由公司总部直接投资和经营管理）和特许加盟连锁（通过特许经营方式组成的连锁体系），后者是连锁经营的高级形式。

特许经营是指特许者将自己所拥有的商标（包括服务商标）、商号、产品、专利和专有技术、经营模式等以特许经营合同的形式授予被特许者使用，被特许者按合同规定，在特许者统一的业务模式下从事经营活动，并向特许者支付相应的费用。

国外餐饮巨头的连锁加盟吸引了众多社会资金，同时也在不断地影响着国人的经营理念。

特许经营是一种商业经营模式，而不是一个行业。按照组织分工原则，总部（特许者）负责经营战略规划、商品服务开发等，可以为加盟店（被特许者）提供整套经营技术，并通过培训以及不间断的意见、调查和发展计划以及统一采购配送和广告宣传来帮助加盟店获得更大的收益。而加盟店则可以用较少的投资在短时间内获得经营诀窍，并把精力集中放在经营管理、顾客服务上。对于总部来说，通过特许经营可以在短时间内以较少的资金形成迅速扩张。

总部以加盟金、特许权使用费、保证金和其他费用等方式从加盟店中提取一部分收益。其中加盟金亦称特许费，一次性收取（一般占投资额的10%~15%）；特许权使用费在加盟店使用特许经营权过程中按一定比例收取；为确保加盟店履行合同，总部可要求加盟店交付一定的保证金，合同到期后退还；其他费用（如广告费）或按一定比例收取或根据总部提供的服务而定。

特许经营是一种简单、成功率高，在世界各地极易通行的经营模式。因而，特许经营从19世纪末至今在全球长盛不衰。

特许加盟连锁体系的最大好处是自己可以做老板，又可以减少自己开办企业的风险。

美国商务部的统计资料表明，独立开办企业的业主，成功率不到20%，而加入连锁体系开办的企业，成功率高于90%，如此高的成功率，使"加盟创业"成为人们经商降低投资风险的最佳选择。

对于加盟者来说，特许加盟连锁体系具有以下优势：

（1）由于总部拥有的品牌、商标、经营管理技术都可以直接利用，与自己独创事业相比，无论在时间上、资金上还是在精神上都减轻了不少负担，对于完全没有生意经验的人来说，可以在较短的时间内入行。

（2）优秀的总部，为了提高整个连锁企业的商誉，会随时开发独创性、高附加价值的商品，以产品差别化来领先竞争对手，加盟店不必自设开发部门。

（3）由于总部统筹处理促销、进货乃至会计事务等，使加盟店能心无旁骛地专心致力于销售工作。

（4）加盟店由于承袭了连锁系统的商誉，等于给顾客吃下了定心丸，对于新开张的店或是不熟悉的店都会有亲切感，甚至对于新移民的加盟店主所担心的语言障碍、生活习惯等问题，都可以在同一招牌下受到维护。

（5）如果自己创业，则商品、原材料进货等，都可能有种种困难，而加盟店则因总部大规模生产及定制，甚至连设备、桌椅、杂项装备等，都可以便宜地购进。

（6）开张前的职前培训等工作都可以从总部获得协助，开张后还会定期有总部派来的人员做各项指导。

（7）自己独创事业，如果出现竞争对手，只有孤军奋战来应对，加盟店则有总部做后盾，可以作为支援。

（8）自行创业必须自己决定开店场所，而自己对该地点的好坏往往没有信心；加盟店则可以向总部咨询，做立地条件评估，甚至由总公司帮助选址。

（9）由于总部对周围的环境随时做市场调查，包括顾客层形态、消费倾向的改变等，使得加盟店能及早采取对应措施。

（10）加盟店的成功就是总部的成功，也等于帮助总部拓展市场，因此总部对业绩好的加盟店，还有奖励制度与福利。

在我国，特许加盟经营模式是一种新兴的商业模式。由于回报和利润较可观，特许加盟受到越来越多的投资者的关注。

特许经营在国外已有100多年的发展历史，在我国虽然只有十几年的时间，但发展迅猛，已经成为一股热流。截至2006年年底，我国拥有特许经营体系2600个，覆盖60多个行业、业态，涉及餐饮、零售、服务等行业，加盟店铺20多万家。

"钱景"虽好"陷阱"不少

2007年11月的上海，"特许加盟展"热闹纷呈：先有上海连锁加盟展览会，后有国际特许经营巡展。全国各地加盟展也是此起彼伏，难怪11月被业内人士称为"中国特许经营月"。由于资金不足，又缺少市场运作经验，中小创业者把加盟经营当做致富捷径，确实也有一大批人通过合法经营的投资者尝到了甜头。但事实上，摆在投资者面前的既可能是无限商机，也可能是重重陷阱。

在天涯论坛上，署名为"神之手123"的网友发表了题为《一位在职高级招商主管的自白》的帖子，引起网友不小的反响。在此帖中，"神之手123"称其供职于北京的一家服饰连锁公司，亲历了公司如何吸引、蒙骗加盟商的过程。据称，他当初因为高薪诱惑一直做到现在的主管位置，但却受不了良心的谴责，因此说出所知的内幕。

招术一：镀金 这类公司往往在"海外"注册一个外国商标，比如近年来韩国风在中国大地上刮得猛烈，不少公司都抢注韩国商标。然后，他们再把商标引入国内来操作。通用的办法是"委托自己为中国内地地区的总代理"及"商标使用许可人"。这样，在国外根本不存在的公司，却在中国开始广泛地招商了。而他们的招商宣传可以是：某某国际连锁机构，来自日本、韩国、法国、中国香港等地的著名国际品牌、某分公司……

对于加盟者来说，特许人的国际背景最具诱惑性。如果是内地的公司，可以去相关部门查询；若是那些在中国香港或境外注册的集团，一般只能委托中介机构上网查询，但即便查实注册过了，自己也难以实地考证。对此专家建议，加盟者不要轻信公司和品牌的国际背景，那些打着国外背景而又未曾耳闻的公司，一定要多加防范。

招术二：装饰　据业内人士透露，不良的特许经营商会频繁地通过一些展览会、批发市场、报纸杂志、网上信息等途径来招商。为保险起见，他们一般都是先在网上大发特发"诚招加盟"的信息。在确定网上反馈量比较大后，就会选择一些比较著名的杂志去投放"美丽的招商广告"。据悉，他们经营的最主要成本就是"广告支出"。有些特许人还不惜重金请明星为其摇旗呐喊，充分利用明星的公众形象和公信度。但事实上，明星也许根本不会去实地考察。

"神之手123"还在帖子中透露，一些参加展会的特许经营公司在开始展览半天后，就将大大小小的加盟意向名单挂满展台四周；到三四天的展会结束，加盟意向名单中很大一部分已经换成了投资加盟名单。"其实两类名单都很难详细考证，做'托'的，受骗的，混杂其中。"

招术三：蛊惑　在广告投入后，就开始"正式招商"了。这时特许机构会安排一些口才较好的人来和有意加盟者商谈。"由于申请加盟的多数是那些生意场上的'菜鸟'，所以，特许经营商很容易通过一些简单的技术手段来描绘美好的明天，并把初涉商海者拉下水。"一位特许经营商的供货商说。

为了让加盟商信服，这类公司前期的服务态度都很好，比如为有意加盟者安排住宿，专门分配一个业务员来指导你"如何创业"。容易被蛊惑的投资者此时可能就准备签约掏钱了。面对比较多疑者，特许经营商会采用"激将法"。比如告诉你，你们那个地方又有一个来申请加盟的。在这种"竞争"压力下，考虑到好不容易跑这么远来考察一趟，总不能空手而回吧。这样一来，投资者离陷阱也就一步之遥了。

招术四：圈钱　"在我当上主管后了解到，凡是加盟商在交钱时，公司都会给他一个账号，让加盟商把钱打进去。这些账号的持有人都是私人，在公司的账面上根本就见不到钱，这样就逃避了税收。而加盟商交完钱后是拿不到发票的，只会给他们一张收据。""神之手123"如是说。

　　近几年来，特许加盟会展的参展商家和前来考察项目的投资创业者屡创新高，在这个加盟项目琳琅满目的市场，投资创业者要想取得成功，务必要做深入透彻的分析和考察。

　　一旦钱入袋后，这些特许机构就原形毕露了。据称，他们先是断了后续服务，包括员工培训、宣传策划等先前承诺的服务。等到加盟店开业，出了问题找到他们，他们则能推就推，而且还对加盟商开出如销售额等方面苛刻的条件。"特许经营是技术和品牌的扩张，而不是资本的扩张。"一位业内人士向记者点出了特许经营的本质。但对于这些以"加盟费"为主要收入来源的人来说，则希望加盟商越早退出越好。因为他们可以就此堂堂正正地"罚没"你所交的另外一笔"保证金"，还可以"言之有理"地再次寻找新的加盟商。

　　在国外短短的百年发展历史中，特许经营已造就了麦当劳、肯德基、星巴克咖啡这样的特许经营商业巨头。随着越来越多的洋品牌进入国内市场，也把全新的经营理念、成熟的模式和丰富的商机带了过来。它们的成功更使洋品牌成为投资者眼中的创业金矿。记者在国际特许经营巡展上看到，参展者对很多咖啡、快餐、化妆品等洋品牌表现出极大兴趣，不少有备而来的创业者当场就用英语与参展商交流。

　　外国的月亮总是圆的吗？专家提醒，特许加盟切忌"崇洋媚外"。就算是真正的洋品牌，国内创业者对其了解也十分有限，它们可能还存在门槛较高、本土化程度不够等不足。首次参展国际特许经营巡展的丹麦女性饰品品牌PILGRIM表示，开一家分店的初期投资需40万元，而且加盟者必须已拥有相对成熟的店面。但其负责人也很明确地告诉记者：我们已在国外有5000家店铺，此次是要寻找有实力的中国代理商。洋品牌并非适合所有有海外工作经历或有丰富创业经验的人士。加盟洋品牌的投资者，应该是熟悉国内外市场规则和情况，或是已积累相当特许经营运作经验和一定经济基础的人群。对于经济能力有限或初次创业者，最好不要轻易尝试。

　　位列全球特许经营"500强"之首的"赛百味"，以低脂肪、低热量快餐食品著称，在美国的店面数超过"麦当劳"。但它在上海市场略显水土不服，7年内仅开出不到10家门店。究其原因，其"禁用油炸和明火"的烹饪方式，难以适应上海市民"色、香、味俱全"的饮食习惯。专家表示，洋品牌虽具有较高的知名度和市场影响力，但品牌只是创业成功的要素之一，它能否在国内成功，关键还得看盟主提供的产品和服务是否符合市场需求，产品结构和经营模式是否有独到之处，是否经过本土化改良等。否则，再具有名声和好的经营模式也只是水中倒影。

　　对于中外特许经营品牌，有一点是要加盟者必须了解的：品牌的真实情况。例如，所加盟品牌在其他国家的营运情况；在本地是否已建立起完善的支持系统，包括产品服务、物流等；本地加盟者能获得哪些支持等。对于任何品牌的加盟，这都是理性投资的关键。事实上许多洋品牌在国内还处于"试水"市场游戏规则的阶段，中小投资者千万别拿自己当试验品。

　　在第十届国际特许经营巡展上，应届大学毕业生诸英对5万元左右的加盟项目表现出浓厚兴趣。她一会儿在某街头小吃项目展台前逗留了十几分钟，一会儿又和某少女饰品品牌的负责人攀谈起来。她告诉记者："我就读于非名牌大学，现在就业前景不是很好，与其四处找工作，倒不如抓紧时间找到项目自己先做起来。"在她身边，自主创业的同学已不少，也不乏靠特许加盟起家的成功例子。"我的一个同学一年前加盟了一家奶茶铺，半年就收回成本了"。最后，她将目光主要定格在"多样屋"家居用品的项目上。"加盟金3万多元，保证金2万元，门槛不算很高，而且这个牌子的东西我自己也用过，口碑还不错。"诸英说。

国内各地的历届特许经营展会，使内地的投资创业者认识了诸多国内外特许经营品牌，而像诸英一样抱着很强目的性而来的中小投资者则在少数。发展到今天，这样的展会场面热闹得像"赶大集"。项目方把自己的展台尽量布置得光鲜照人，宣传单上则充满诱惑性的介绍词语。这些令人眼花缭乱的连锁加盟展会，让参与者的心态也复杂起来："知道可能找不到适合自己的项目，但不来又心存不甘。"也有的参与者存有疑惑，"一些知名度高的加盟项目，加盟费却让我望而却步；而一些低门槛的项目，前景又难以预测。还有一些几乎没有门槛的项目，不知道他们是来做加盟还是来卖产品！"正是参加者的热情让连锁加盟展会如日中天，但能做出品牌的不过几家，投资者还需要自己保持清醒的头脑。

奔"钱景"怎样防"陷阱"

连锁加盟的发展，已成为国内近几年来最为引人注目和关切的业态。然而"加盟神话"年年上演，虽然有些以喜剧收场，但是大部分都是以悲剧收场——"财去人空"。从事连锁加盟真的有一本万利的神话吗？答案是"有"，但也等于"没有"，高获利的背后隐藏的却是高风险，一不小心就容易掉落"陷阱"而不自知，许多加盟总部只要媒体稍加炒作，大家就一窝蜂前仆后继，向前走什么都不怕，这就是特有的"加盟神话"，等到事与愿违，只能捶胸顿足、哭天喊地，一切于事无补，如何防止悲剧的发生或掉落"陷阱"而不知。

陷阱一：投身的行业不具备"钱景"

创业，最重要的事情就是仔细评量清楚，究竟想要投身的行业是否具备未来的发展前景。如果这个"行业"或这种"店"属于民生必需而非一时流行，且处在成长期的，表示目前的竞争对手还不太多，未来整个市场的成长空间很大，趁早投入，获利的空间就比较大，赚钱的几率就高。此外，项目已经太过密集，进入竞争期的行业，也是创业族在加入前必须首先考虑清楚的。例如便利商店及各种面包店，目前可以说是街头林立，到处都是。不但品牌与品牌之间竞争激烈，在同一商圈内的竞争也是拼个你死我活的。好的地点都已经被早期加入的加盟商捷足先登，现在想要加入这两个行业的创业族，经营起来一定会比较辛苦。

陷阱二：加盟总部的核心竞争力不足

有许多连锁加盟总部的负责人并不具备经营管理的核心竞争力，只是因为开了一两家生意很好的店，遇到许多人想要加盟开分店，于是就草率地成立一个加盟总部，这种类型的总部以餐饮业最多。连锁加盟的总部需要具备的核心竞争力很多，包括商品的开发与管理，商圈的经营、行销与广告宣传活动，人员的招募与管理，财务的规划与运作。有些总部甚至没有开设直营店，根本不具备店务经营管理的核心竞争力，也就不能协助加盟创业族妥善地长期经营店务。如果加盟商开店的地点好，靠大量的人潮把生意做好，一点也不困难，只要多付一点租金就可以了。但是如果开店的地点比较普通，卖的商品也不再流行，生意下滑，店务的经营管理马上就会出现问题。

陷阱三：加盟总部过于强势，合约限制多、暗藏伏笔

强有力的加盟总部，在后勤支持、财务结构、行销活动都能给予加盟店实质的帮助，这是一件好事。但是有实力并不代表可以将加盟商看做次等国民，以一种强势的姿态，凌驾在加盟商之上，对于加盟商动辄刁难、罚款，甚至威胁解约。

创业族要注意，在还未签下加盟合约时，许多总部的业务人员都带着一副殷勤和善的面孔，因为这些业务人员要赚奖金，要达到老板交代的展店目标，准加盟商当然是他的衣食父母。可是等到签约后，要向加盟店提供服务、后勤支持等等，工作多却没有奖金，这时总部人员摆出的却是另一副盛气凌人的嘴脸，嫌你经验不够、生意不好、杂事太多，总之就是嫌你烦。此外，许多强势的总部在加盟合约上的限制条款相当多，而且单方面倾向对总部有利，可以说是对加盟商不公平的合约，甚至有一些条文是违法的。但是大多数的创业族由于经验与时间的不足，无法深入了解合约上的陷阱与不公平，再加上心中急于想要创业，于是签下了卖身契约。因应之道，就是要在签约前多走访几家加盟店拜访请教，了解总部在签约后的服务，了解总部人员的心态。

陷阱四：加盟总部的财务结构不健全

总部的财务结构是否健全，光看外表是看不出来的。最简单的测试方式，加盟签约时要支付给总部的履约保证金是要求现金，还是商业本票或不动产抵押设定。许多成立才一两年的加盟总部由于财力单薄，资金的压力大，所以要求加盟店提供的履约保证是现金。可是由于财务结构不够健全，导致周转不灵而倒闭的情形屡见不鲜，合约期限未满，总部该提供的后勤支持责任无法继续完成，加盟商连保证金都拿不回来了。

除了同业之间打听之外，加盟创业族最好选择以不动产抵押设定的方式提供履约保证，尽量避免使用现金。

创业族可以注意到加盟总部是否有缩短加盟店的收款期限，但是对供货厂商的付款却延长期限、积欠或者已经开票支付的货款要求换票的情况发生。如果发现总部一直更换供货厂商，而且越换品质越差，除了总部的商品采购管理机能有问题外，最有可能的因素就是总部无法正常支付货款，而使得厂商停止供货。这时创业族务必要提高警觉。

陷阱五：加盟总部不具备"应变能力"

卖什么要像什么，所以门市经营行业在店面的设计上要能够针对主力商品的消费模式来设计，但是商品是有生命周期的，所以门市的装潢与格调也要随时调整。外在环境是一直在改变的，如果加盟总部不具备商品开发的应变能力，当现有的商品组合走到衰退期，不能满足消费者求新求变的需求时，加盟门市的生存能力就会出现问题。

陷阱六：加盟总部设计的获利计算模式有问题

许多加盟总部提供给创业族参考的门市获利计算模式只有一种呆板制式的算法，不能够针对不同的经营规模、不同的商圈环境，提供各种不同的门市可能盈利分析评估。这会使创业族无法准确地计算将来可能产生的收入、费用及盈亏状况，增加了创业族的不确定风险。而且总部通常为了简化计算公式，或者要让创业族看到诱人的高额获利，并未将实际营运时会发生的开办费用、租押金、营运周转金列入公式计算，这会使得创业族低估总投资额。

创业族要注意，正确的经营观念必须要将收入低估、费用高估、准备预留3～6个月的营运周转金，都列入营运计划的资金流量计算，因此在与加盟总部洽谈时，务必要将这些一定会发生的费用查清楚，才不会在实际经营时发生资金不足的窘况，届时求救无门，总部也不会给予财务上的支持，所有的苦水要自己一个人吞下。此外，除了门市的获利计算公式要注意以外，创业族也要仔细思量，加盟总部的收入与利润是如何创造出来的。

陷阱七：加盟体系的发展速度过快

有些加盟总部因为一炮而红、广受欢迎，加盟店数量急剧扩增，因此不断地搬迁大的办公室、厂房，增加人手、增购机器设备、大打广告。急速地扩充规模，除了要投入资金之外，还会因为规模不经济的因素造成一段时间的亏损，部门及人手的增加也会产生沟通协调不良的状况，作业的错误会增加，效率也会降低。

因此创业族要注意，当您所加入的连锁总部有这些现象发生时，很可能马上会陷入上述陷阱——总部财务结构不健全的恶性循环。一不小心，原来前景一片大好的事业，转眼就要垮掉，令人扼腕叹息！

陷阱八：加盟总部的经营团队不专心

有些加盟总部并没有永久经营的企图，只想在市场上面捞一票就跑，或者自己本身对行业的前景没有信心，因此虽然现有的连锁加盟体系还在持续扩展，但是又转投资其他事业或是发展其他品牌。负责任的总部应该要珍惜连锁加盟系统的建立不易，遇到经营瓶颈要设法找出门市与总部的因应之道，领导着加盟商一起渡过难关，开创新局。因此创业族在选择要投身的对象时，应该多了解负责人对于事业发展的未来规划是否注重在本业上，以及他所投入的重点是否与本业相关。如果发现主要负责人的真正兴趣并不在本业上，那么是否要加盟就要很慎重地考虑了!

加盟时要警惕以下10种情况。

（1）特许经营商是一个自然人而不是一个法人机构。

（2）商标不是注册商标，不受法律保护。

（3）特许经营商从未自己经营过，只是卖一个概念，号称"知识经济时代，知识就是金钱"。

（4）特许经营商虽然自己有过经营历史，但却从未赚过钱，千万别指望你的运气比他好。

（5）特许经营商向你保证只要你投资就能百分之百地赚钱。

（6）只要买够几十万的产品就可以加盟，并坚决不让你退货。

（7）你想了解加盟商的经营情况，特许经营商支支吾吾。

（8）你仔细考察情况，特许经营商却说有数不清的人等着加盟，过了这村就没这店，催你快掏钱。

（9）总部人员很不稳定。

（10）不让你仔细研究合同条款，要你"做生意讲情义"。

加盟时要考察以下7个方面。

（1）加盟品牌的市场知名度怎样，是否有不良的市场影响？

（2）加盟费占整体项目投资的比例，特许经营商承诺的单店盈利水平是否合理？

（3）特许经营商的样板店或其他加盟店的设计是否规范统一？

（4）在谈判过程中，特许经营商是否一味回避风险？

（5）特许经营商能够给予门店的支持是什么？

（6）特许经营商的经营背景及相关情况。

（7）访问已加盟者，了解实际情况。

特许加盟认识的误区

任何人都可以加盟

特许经营虽然对创业者学历、智商的要求不高，但对创业者的能力、阅历，以至于性格等都有一定的要求。这些因素甚至决定着创业者能否获得成功。因此，加盟前最好先自我考察：是否具有创业的潜质，是否善于与人合作，对特许经营是否有足够的认识等。自我考察工作做得越充分，创业风险越低。

任何领域都可涉足

特许经营分享品牌优势、分享经营诀窍、分享总部支持的特点，让不少没有相关行业经营背景的创业者尝到了甜头，同时也让一些人产生了错觉，以为只要有特许经营商的支持，任何领域都可涉足。实际上，虽然各行各业都有加盟项目，但不同的行业有不同的市场特点、经营方式等。创业者对打算加盟领域的市场空间、营销方式等有一定的了解，再加上成熟加盟品牌的市场号召力，才能如鱼得水。因此，创业者选择加盟项目时，应尽可能选择自己熟悉的行当和领域。

特许经营门槛低

特许经营虽是创业捷径，但门槛并非如想象中那么低。首先，需要一定的资金成本。加盟金从几万元到数十万元不等，一些洋品牌的加盟金更高。其次，很多知名品牌还设置了资质门槛，对加盟者进行严格的考察，内容包括经营能力、资金实力、信誉评价等。俗话说，便宜没好货。那些无需多少加盟费、技术又容易掌握的加盟项目，其投资成功率几乎为零，甚至还有陷阱的嫌疑。

特许经营是"复制成功"的商业模式

很多人在加盟前对未来充满幻想，认为特许经营是一种"复制成功"的商业模式，有成熟的市场和充足的货源。实际上，虽然特许经营品牌的商业模式是现成的，但经验仍需创业者自己摸索。特别对于多数缺乏经营经验及相关专业知识背景的加盟者，更要认真学习相关知识，提高特许经营管理和经营能力。如果一味依靠加盟总部这个"靠山"，将难以打开市场局面。

特许经营零风险

通过特许经营，加盟者继承特许经营商成熟的经营模式，享受集中采购、集中宣传、专业指导等服务，这无疑有助于提高创业成功率。但有些特许人趁机夸大其词，打出"零风险"的诱人广告，经验不足的创业者很容易上钩。特许经营只是"借鸡生蛋"，无法保证"包赚不赔"。即使在特许经营业最发达的美国，仍有45%的特许经营店在开业5年内倒闭。我国的特许经营业起步不久，市场尚未成熟，鱼龙混杂现象较为突出，在这种现状下，特许经营更谈不上零风险。

特许经营回报率高

加盟者注重投资回报率无可厚非，但不能被特许人提供的表面数字所迷惑，忽视了对其真实性的冷静分析。与传统经营项目一样，加盟项目也有一个投资回收过程，一般需要两三年甚至更长时间，收益率也不可能远高于行业平均水平。

特许经营可以自己做主

简单的经营模式和统一的品牌概念是特许经营的优势。如果加盟者在经营中不理会特许经营商的理念，不接受总部的统筹管理，按照自己的想法经营，不仅会把简单的事情复杂化，而且还可能破坏原有的品牌形象。因此，加盟者要珍惜特许经营的品牌优势，在经营中保持和特许经营商经营的统一，加强与特许经营商的沟通，在理念上达成默契，在企业文化上达成共识，以获得双赢。

选择项目追捧热门领域

热门领域的确市场成熟，客源基础优良，但同时竞争也相当激烈，市场空间已十分有限。因此，选择热门领域，并不代表可以高枕无忧，坐收渔翁之利。相比之下，有些冷门领域由于处于发展阶段，潜在需求较大，竞争平缓，反而具有投资价值和赢利空间。对创业者来说，选择项目时不能盲目追捧热点，而应该理性分析打算涉足领域的市场现状与前景。

特许加盟热的背后

扬州的曾先生尝到了特许加盟"陷阱"带来的苦涩，2006年他联合了14家各地加盟商将杭州万兔速丽速食有限公司告上了法庭，他们请求法院根据《合同法》相关规定，撤销其与"万兔速丽"公司签订的加盟合约书，判令其返还加盟费。

据悉，曾先生加盟的"万兔速丽"在其宣传中称自己是台湾知名的速食连锁集团，拥有国际连锁商标和一套神奇而灵活的技术制作与运营方法，让投资者小投资也能赚大钱。该公司的业务员更是声称其加盟店已达到500多家并且还在不断增加，每家加盟店的盈利状况都很好，每天营业额至少会达到1000元。并且新加盟者不需要具备餐饮业的从业经验，通过被告的"神奇"管理运营模式可以轻松破除"隔行如隔山"的局限。

面对如此美妙的前景，曾先生签订了代理合约，成为咖啡比萨项目扬州地区代理商，满怀希望地开始了"2万元做老板"的加盟创业之路。然而在接下来的加盟经营过程中，曾先生逐渐发现事实与"万兔速丽"在签约前的承诺存在巨大的差距，曾先生心存疑虑地调查了该公司的工商登记等各方面背景，发现它根本没有从事特许加盟经营的资质，其在签约前的各种宣传、承诺完全是夸大甚至捏造事实，以此来诱骗自己的加盟金。此时，和曾先生有相同遭遇的加盟者全国已有数十家。

加盟"陷阱"为何频频得手？"一杯咖啡的成本是2～3元，它的售价为10～12元，一天卖出50杯，这样每月就有1.5万元的毛利。同时，咖啡馆还可经营套餐，成本为8～10元的套餐售价为18～20元，一天卖50份套餐，每月也可以赚到1.5万元。假设咖啡馆的面积是50～70平方米，租金为每月9000元，水电费1000元，付工资2400元，税金和其他支出一共5000元，怎么算一年的净利润也有12.6万元。"

这是一家特许加盟所谓某著名咖啡馆连锁店的广告，乍一看很诱人，许多人也为这么美妙的计算所感染，在缴纳了12万元的加盟费后开始了"咖啡馆"发财梦，然而现实却是大多数加盟者都在看似不可能赔钱的情况下赔了钱，原因何在？

其实广告中的算账纯粹凭的是理想化的数据，没有将任何实际情况考虑其中，比如，不同的营销手段会有不同的经营效果，其他的竞争者也是经营者等必须考虑的因素。谁能保证每天都有理想的顾客群和销售量，即使这个销售量看起来并不高，但市场也许真的能让你一天只卖出一杯咖啡。

看似美妙的前景，几乎是每个加盟陷阱共同的特征，看似低廉的加盟费会在特许经营商那里汇聚成河，"加盟"实际上成为特许经营商"圈钱"的借口，但很多人确实迷失在这些真实的"谎言"中。

应该说特许经营加盟造就了很多当代的财富奇迹，其中就有肯德基、麦当劳等众多知名的连锁巨头，它们已被证明是当今成功的一种商业模式。据资料显示，在发达国家的商业体系中，60%以上都是以特许经营方式来运营的。因此我们也不能因噎废食，加盟"陷阱"现象固然存在，但成功者的经验也许能让我们在避开风险的同时获得"加盟"的利益。

张磊是扬州一名比较成功的特许加盟商，如今，他在扬州的时代广场已拥有了三家不同的加盟店，涉及两个知名休闲服装品牌、一个鞋品牌，三家店现在的经营状况都不错，因为相关品牌支持体系非常完善，张磊虽然经营三家店但游刃有余。

他告诉记者，自己5年前就尝试了加盟，但第一次就遇到了"陷阱"，那次是做塑料颗粒，商家保证只要他购买一套3万多元的设备，产品一定全部高价回收，3个月收回投资。然而当设备买回来他才发现生产用的原材料——废旧塑料瓶几乎没有货源，甚至要到东北去拉，最后只能折价把设备卖给别人。通过这次教训，张磊学会了市场调查，现在每当他介入一个品牌之前都会详细地了解产品的情况和市场表现。

用他的话说，商场如战场，不能轻信特许经营商的承诺，只有自己调查的结果才有说服力，特许经营关键靠的就是品牌支持，否则加盟也就没有什么意义，因此他挑特许经营商首先就是要有名气，牌子越大风险越小；其次也看未来的发展前景，对于前景不明的行业他轻易不会涉及。

进入加盟领域要三思

"连锁加盟业可能正在酝酿一个大泡沫！""连锁加盟商可能只是在玩一个圈钱游戏。加盟者完全可能血本无归！很多公司连自己的直营店都没有，根本就没有吸引连锁加盟的资格！"面对加盟投资热，一些人士发出了不同的声音。一位业内人士对记者说："某些品牌仅仅拥有一套形象手册就向加盟商收取不菲的费用，并要加盟商第一次进货须达几十万元。除标准的形象之外，没有系统性的指导方针，不具备成熟的特许操作经验，凭什么收取高达几万甚至十几万元的加盟费？高额限定首批进货，只是相当于把厂家的仓库搬到加盟店里，至于产品能否最终从特许店正常流通出去，却没有任何风险性保证，企业最终能给加盟商'特许'什么？"

很多特许加盟品牌打出了诱人的旗号，如免加盟费、年收益率30%以上、低于成本价提供设备、代为选址等。专家指出，个人在连锁加盟的热潮中必须保持清醒的头脑。双赢预期的背后，也隐藏着一把双刃剑。对于那些希望做加盟店老板的普通投资者而言，加盟必须慎重。在市场尚待规范的情况下，高昂的加盟费，可能是某些企业圈钱的陷阱；要求购买名目繁多的设备原料，可能是特许经营商在推销质次价高的积压产品；此外，特许经营商一旦出现决策失误，加盟者也会受到牵连。为此，专家提醒：做加盟店老板务必要有风险意识，"做熟不做生"，选择自己熟门熟路的行当，选择具有长期发展潜力的产品或服务，详细了解特许品牌整体状况和商业记录，尤其在店铺的选址方面，更应慎之又慎。

中国连锁经营协会郭戈平会长认为，我国目前企业信用不高、特许经营法制不健全已成为制约特许经营的主要障碍，这也是国外一些著名品牌迟迟不愿在中国大规模开展特许经营的重要原因。据了解，将出台的特许加盟经营法规将明确特许经营商和加盟者双方的权利和义务、双方各自应该具备的条件、合同内容以及违反合同后须承担的法律责任。

有这样一种现象值得关注，国内的特许经营企业对加盟者的加盟条件日渐宽松，门槛越降越低。而外资特许者不是创造加盟条件，而是指定加盟条件，等待市场环境的成熟。他们看重的是企业形象，宁缺勿滥。麦当劳进入中国近20年，一直到今天也是千里挑一选中一个加盟者。这样的差异表明，加盟商也并非是一"特"就赚钱，如果经营不善，不仅赚钱无望，加盟店还很可能将加盟商拖垮。

专家认为，经营过程中确实存在规模经济，但若企业的自身素质尚未达到规模经济所要求的水平，企业的效益与利润不仅不会随着规模的扩大而增长，反而会随着规模的扩大而减少，这时就出现了所谓的"规模不经济"。与传统商业相比，连锁商业对企业内部管理的要求高出好几倍，一旦总部有个疏漏，很可能造成企业的"大出血"。目前，我国许多企业都急于将加盟店的数量规模扩大，似乎加盟店的数量越多，自身实力就一定越强。其实在加盟店数量增加、企业影响增大的同时，企业的管理压力也越来越大。

另外，在特许加盟水平上，国内企业也存在很多漏洞，许多企业认为加盟商按照特许经营商提供的方案将店面装修一致，店内的货品陈列保持一致就是特许经营了，我们常见一些小业主把自家的小超市换上一个加盟商的牌子，但其经营内容和管理水平与之前并无二样。其实，仅有外部的一致只是具备了特许经营的"形"，真正特许经营的"神"在于管理制度的一致，这需要企业有一个高质量的加盟手册和可操作的运营手册，这才能保证总部对产品的品质监控和对加盟店的操作管理。目前，众多连锁企业在大力发展特许加盟事业的同时，应在控制力、管理力度、管理水平上多下工夫，否则只能是一时红火，难以长久，最终损害的是特许经营商自己的牌子。

掉渣饼：美丽的传说遭遇冷落

27岁的武汉大学女毕业生晏琳，在2005年年初时，凭着"外婆做的烧饼大家都爱吃"的信念，第一个将这种传说中的土家族烧饼引入武汉。开张当日便卖断货的销售状况，不仅让晏琳自己大吃一惊，也震动了武汉三镇的小吃界。紧接着，"掉渣烧饼"很快就风靡武汉，进而席卷全国众多大城市。

记者看到，风靡京城的掉渣烧饼直径约20厘米，表面撒了肉末孜然粉，为了配合"掉渣"的名头，每个烧饼都要附赠一个纸袋，把掉下来的饼屑兜住。记者走访的几家店每个掉渣饼的价格为2元，也有2.5元的。就是这种被称为"中国式比萨"的圆饼，在短短两个月的时间已成为北京最热门的早餐选择。从学生到上班族，掉渣饼的知名度节节攀升。每天赶车上班的周小姐每天的早饭已经从鸡蛋灌饼改成了掉渣饼。她告诉记者，不仅她，她们办公室的同事也几乎都以此为早餐了。除了早饭，有时下班后大家也要买一个先解解饿。"现在不吃掉渣饼才叫土得掉渣呢！"周小姐说。

曾经街头随处可见的掉渣饼如今已不见踪影，掉渣饼的来去匆匆给人们带来很多启示。

据记者了解，多数人对"掉渣饼"的口味还是抱有好感的，但是将大家吸引到饼铺前的最初动力，还是源自人们对这种"土得掉渣"的"中式比萨"的好奇心，特别是那个买饼的长长的队伍，对于早已告别物质匮乏年代的现代都市人来说，不啻为一种罕见的现象。

其实，这种看似特别的"烧饼"制作起来并没有多少神秘。记者在一家掉渣饼店里看到，师傅们先将面粉和成团，然后捏成一个个小面团，再将小面团压成条状、抹上少许调料，然后卷起来打成饼状，放入烤盘，抹上半两调料和豆油，撒上芝麻葱花，就可以放入烤箱烘烤了。五六分钟后，热腾腾的烧饼就出炉了。整个过程，也就是调料较为特别。

走了几家掉渣饼店，记者发现，虽然各个店面打出的都是"掉渣"的招牌，但"掉渣"和"掉渣"之间还是各有不同。有的侧重掉渣，"掉渣烧饼"用得最多。还有的叫"掉渣渣"、"掉渣王烧饼"、"掉香渣儿"、"掉馅王"，甚至还有叫"掉肉末儿"的。还有一些是以掉渣饼的"祖籍"土家族为卖点的，店名叫"土家掉渣饼"、"土著人掉渣饼"、"土得掉渣烧饼"、"土家烧饼王"。记者通过询问得知，这些店名有的是店主自己取的，有的则是加盟时被规定的，还有的则是"去外地考察得到的正宗店名"。虽然店名各异，但宣传起自己的产品，每个店员都向记者保证"我们家的才是正宗的"。

据了解，北京的掉渣烧饼店曾经约有500家，这些店不仅店名不同，而且"出身"也各不相同。比较规矩的是以加盟的方式开店，但这种情况似乎只在掉渣饼刚刚进入京城时流行，现在很少见了。据金盛福掉渣烤饼店的老板透露，最开始招收加盟商的加盟费是3万元。这个价格在今天看来有点类似于"天价"了，因为随着店面数量的增加，各式各样的开店方式蜂拥而上。

在朝阳区通惠家园附近的一个掉渣饼店，店主告诉记者他是通过"拜师"的方式开店的。他解释说，自己去某个掉渣饼店拜师，给师傅打20多天的"义工"，学到手艺，临走交几千元的拜师费，自己就可以出来开店了。记者问交了几千元？他含糊了半天说："不能告诉外人，这是规矩。"

相对于暗中拜师的方式，很多店则是大大方方地明码标价转让技术。在木樨地附近的一个掉渣饼店，店内工作人员告诉记者，3000元可以得到他们店的技术转让，包括制作工艺和配料。记者表示自己对烹饪几乎一窍不通，店员说："可以手把手教，直到教会。"他同时表示，很容易学，一般两三天就能学会。

两三天就能学技开店！难怪这掉渣饼店如雨后春笋般冒出来。可是，有人告诉记者，花3000元买技术太不值了，还有更便宜的，只要100元！记者去网上搜了一下，果然看到很多转让掉渣饼技术的帖子，费用大多为几百元，有的稍微贵一些，要1000元，但对方表示可以"提供做饼的设备"。

虽然普通顾客不清楚各个店的出身，但他们从口味上感觉出这些掉渣饼并非出自一个配方。有的人感觉掉渣饼"很有嚼劲，吃着脆，还带点辣味"；有的人则说"软软的，老远就闻到一股很重的孜然味道"；还有的人说"不是孜然，而是蒜蓉"。前面提到的周小姐告诉记者，她们办公室里7个人，每个人吃到的掉渣饼都不太一样。

掉渣饼在全国火暴于2005年4月，最先是在武汉，因购销两旺被称为"神奇烧饼"。不到半年，武汉的烧饼店已达到300家。随后这股流行风席卷了重庆、杭州和上海，在各地制造神话。如今来到北京，继续疯狂。但据了解，在经历了半年多的新鲜感后，最先捧红掉渣饼的那些城市的销量已大不如前，有的地方还出现了大量闭店的现象。

记者采访了有关专家。这位专家分析，无论是武汉的掉渣饼还是北京的掉渣饼，在经营上都有其明显的缺陷。首先由于加盟门槛太低、缺乏统一管理，导致跟风现象严重，店面数量过多且良莠不齐，造成了行业的无序状态。掉渣饼的工艺其实并不复杂，前期投入的资金也少，但利润比较可观，因此很多人都看中了这块风水宝地，纷纷加入掘金的行列，但这种快速成长的行业往往会快速萎缩。第二就是掉渣饼这个行业没有实行有效的"自救"措施，这也是和市场的瞬间膨胀相关联的。早期正规经营、严格加盟的企业被大量涌现的小店冲击得非常厉害。为了争夺市场，大企业也只能走多开店的路线，使市场竞争更加激烈。专家表示，如果当时的龙头企业能够转变思路，开发衍生产品，而不是一味地攻城掠地，也许掉渣饼的生命力还能更旺盛。

谈到掉渣饼的前景，专家指出，人们现在追捧掉渣饼其实是在追求一种新鲜感，时间长了，这种情况肯定会"降温"。在这个过程中，一部分店铺将转行做其他生意，最后剩下来的几家应该会坚持做下去。而要想把这个市场做下去，需要质量、服务等一系列维护品牌的营销手段，同时一定要不断创新，包括口味和管理模式，这是企业发展的必然途径。

"自然美"的35年

从35年前靠一把小小的美容椅起家，创办自然美连锁事业的蔡燕萍，如今在全球已经有2000多家连锁加盟店，总部的资产也超过200亿港币。说起当年创业搞连锁时，她讲述了这样一番巧遇：那时麦当劳、7-11等外国连锁企业还没有进入市场，加盟对大家来说都是新鲜事，蔡燕萍开始也没有开加盟店的想法，只是公司自己先投些钱开了几家店，然后给内部员工一些股份，赚了钱再把店逐步卖给员工。

自然美生物科技有限公司蔡燕萍说："所以那时候根本不算什么连锁，可是已经开了很多。在20多年前，有一次在日本，有些店是统一商标，我看到一个美发店，它同样叫'三叶艾子'的名字，受到启发，我觉得，既然我的产品效果这么好，已经对研发这么有信心了，那么我应该将产品统一名称。"

看到了加盟连锁能够让消费者更有安全感，能够放大一个品牌的影响力，蔡燕萍把1000多家店铺做了品牌加盟的改造。1992年，蔡燕萍在陈香梅女士的鼓励下在上海投资420万美元建立了生产、研发、人才培训基地，并且开始配套启动连锁加盟计划。但是在上海刚刚起步的第一桩加盟生意却给她留下了教训，由于加盟店采用的是总部投资后交给内部员工去经营，赚钱后员工再把投资分期归还公司，加盟总部承担了不小的风险。

蔡燕萍说："不就是先给员工去经营吗，赚的钱分期还给公司，但是第一家投资失败了，因为他赚钱不还了。然后我在北京投资的第一家也是，当时帮助一个眼科的医师，也是我们员工，结果他也是赚钱没还。所以，我后来就采用投店给他，然后承包吧，让他自负盈亏，他已经有实力了，我全部卖给他。"

陆续发生的几个加盟的教训，让蔡燕萍逐步意识到要完善加盟的各项法律文本，避免类似的加盟纠纷。2002年3月，自然美生物科技在香港主板上市，上市后，蔡燕萍又意识到，以往不收加盟费，靠卖自然美美容产品获取收益的模式需要调整，她接纳了专业基金公司的建议，一改以往不收加盟费的做法，针对一线、二线、三线城市开始分别收取5万、3万、2万元不等的加盟费。

蔡燕萍说："如果不收加盟金呢，加盟商会不珍惜，有时候没有收加盟商的保证金，加盟商又很容易会有小聪明。不过还好，我们的连锁店因为都有特别的交易培训，是长期的，所以这种小聪明，还是比较少的。"

蔡燕萍始终认为，加盟总部要想做得长久，决不该依靠赚加盟费活下去，那么加盟总部如何赚取利润，获得发展呢？随着自然美加盟管理体系的逐步完善，13年来，自然美在中国内地的连锁加盟店以每年100多家的速度扩张，一家典型的加盟店会花费销售收入的25%购买自然美总部配送的美容产品。这让总部的销售额从1999年的1亿港币迅速增长到2004年的3.6亿港币。

蔡燕萍说："当然，加入连锁很简单，然后要做连锁也很简单。但是你想要这家店能够10年、20年、30年不变就难了。我们很多连锁店，第二代都要接班了。如果要做到这一点，那当然总部就要很强，他一定要有办法养连锁，不是只有我收加盟金的。我们到目前为止，不是以收加盟金管理费的目的在做。"

从35年前靠一把小小的美容椅起家，创办自然美连锁事业的蔡燕萍，
如今在全球已经有2000多家连锁加盟店，总部的资产也超过200亿港币。

此后，蔡燕萍通过产品折扣，鼓励现有加盟店设立分店，继续扩大加盟数量。同时为了简化越来越庞大的分销流程，她将2000多家连锁店的物流外包给中国邮政。2006年3月开始，他们又更换了已经使用了30多年的自然美品牌标志，并且增加了SPA水疗中心等新的加盟项目。他们预期，未来整个中国内地市场会容纳5000家自然美加盟美容店。

蔡燕萍说："一个成功的加盟连锁总部，一定要在它的企业里面，任何一个部门都能够把好关。所以对于一个企业呢，不管你是加盟者还是总部，都要有远见，不要只看眼前。"

据记者收集到的资料显示，在美国，社会商品零售总额中，有近一半是经过特许连锁方式实现的，日本的特许公司销售额占社会零售额的30%以上。不过在我国，特许连锁经营还只是一种辅助形式，中国加盟连锁企业的发展可谓任重道远。我们在采访几位专家的时候，也对这个问题感到了压力。

1995年我国向世界贸易组织做出开放零售业的承诺之一就是，允许外国公司通过特许经营形式吸收我国国内企业作为加盟店开展营销活动。有人说，国外跨国连锁集团陆续抢滩中国市场，将对国内商品流通企业构成极大的竞争压力，而特许连锁具有"投资少，风险低，进占市场快"的优点，因而成为国内商品流通企业迅速扩大规模的捷径。但是，当加盟的大潮来临时，还要保持一份冷静。

中国商业联合会王耀说："我们知道麦当劳、肯德基登陆我国以后，很多人都想成为它们的加盟商，但是它们并不急于发展加盟商，也并不是说投资人拿很多钱就行，现在很多人都说三四百万，即使给了钱，他们还要严格地考察你的地理位置、有没有条件，你周围的环境，甚至我的配送能不能配送到你的地方等等。考察完以后，最后决定你能不能成为我的加盟商，因为它们是为了打造品牌，百年品牌。那么相反我们有些企业，只要给钱，第二天就挂出一个牌子来，就变成某某著名企业的加盟商了，对加盟者的考查可以是半天，最多一天，就成为他的员工了，对商品供货也并不严格要求，如加盟者在总部的定货数量。所以在加盟过程中，可能加盟者订购总部某个产品1箱，自己又从批发市场进了10箱假冒伪劣的产品，那么其结果损害的是总部品牌。如果真正要成为百年老店的话，我认为应该经过三个阶段，第一阶段，就是这个企业本身要运作非常成功，这个成功不是说运作一年，我个人觉得一年是不够的，他应该运作几年，至少在一两个店，运作几年得很成功了。第二阶段，他可以在10个店甚至更多店的基础上，去开设加盟。第三阶段就是根据他自己的加盟商，根据他的直营店，很好地磨合，以品牌为核心把企业发展起来。"

德国连锁经营协会会长克斯特（Kirst）说："在德国，如果一个投资者想投资一个德国的特许经营企业，他们会通过德国特许经营协会，去做一个第三方的评估和了解。因为在德国，很多好的特许企业是德国特许经营协会的成员，那么对一个想加盟的投资者来说，这是最简单和最直接的方式，他不必自己一个一个到市场上去选择。"

　　这两年，特许加盟的商业模式，正在越来越多地受到投资者的青睐。但在加盟投资的大潮中，也的确暴露出不少的问题。一位投资者曾经给我们留下这样一段话："中国人会说，'天上不会掉馅饼'；西方人会说，'天下没有免费的午餐'。对于初入的创业者来说，要让理智控制自己的幻想，要有一双保证自己安全的眼睛。"

　　想必读者朋友们合上本书后，会产生这样的想法：活着其实是最美好的，因为"死去的"实在是太多了。在资本逐利的年代，大鱼吃小鱼的现象非常普遍，作为普通的投资者，我们只能算是资本市场中的小鱼，要与那么多大鱼展开生存竞争，我们必须有一些独特的绝招，以便能够好好地活着。

　　人类认识世界的方式是按照"经验罗列"—"经验哲学"—"实证科学"的方式在发展，总的来说，越先进的认识方式越好，但是各自有不同的适用领域。例如初上月球，我们需要"跳着走比跨步走更方便"的经验罗列；初出国门旅行，我们需要的是各种"旅行攻略"。我们现在对于这些疯狂事物的认识，多数局限在"经验罗列"上面，甚至都没有达到"经验哲学"的程度，在这样一个阶段，我们需要保持清醒的头脑，能够学会触类旁通，看看一个个疯狂过后的低迷，就能让我们形成自己的"实证科学"。

　　当今的世界经济，你可以看到国际油价疯狂，金价疯狂，粮价疯狂……所有的疯狂，其实无非是资本逐利的特性造成的，随着能源的消耗，人类会逐渐进入一个不能吃老本的年代，石油是历经数百万年才形成的，而现存的石油却不可能足够人类使用那么长的时间，随着石油的不断消耗，新能源、生物能源等，都被提到了议事日程，人类在疯狂的同时，也在为自己的未来想着各种各样的办法，疯狂还会继续，毕竟这是规律，是资本世界的规律，是历史的规律。

　　所有的泡沫都只有一种终局，就是"破灭"。这本来应该是一种常识，然而这样的常识以及更多的常识，却正在被越来越多的人所忽略。常识被忽略，后果很严重，因为任何事物的发展，有可能暂时出现违背常识的特例，但绝不可能永远背离常识；某些事物可能暂时脱离实际价值的价格，但任何背离实际价值太远的价格都终有跌破的一天。只要世间尚存规则，人们尚存理性，这便是颠扑不破的规律。

　　观当今世事，有许多不良现象都是不遵循常识的结果，甚至有一些人，仍然在以蒙蔽或篡改常识的方式牟取一己之利。从种种泡沫的形成，应该说概莫能外。所幸，肥皂泡到一定程度就会破灭，任何人都不可能设计出永恒的骗局。巴菲特说："只有在退潮的时候，才能看清楚究竟是谁在裸泳。"因此，当前某些泡沫的散去可能令一些人感到了疼痛，但一定要知道这是有益的疼痛，至少是一种"前车之鉴"。

　　下一个疯狂的是谁或许并不重要，重要的是我们能够在下一个疯狂的事物中敏感地捕捉到其中的机遇，能够在这样的疯狂中分一杯羹，而不会陷进去，乃至无法抽身而退。

　　做好自己该做的事，对疯狂的世界多一点认识，是有利于我们的读者朋友的，这样，理性、成熟、稳重……这些优秀的品质才能逐步建立起来；这样，对于再多的疯狂，我们都能够知道哪些是我们能够参与的，是我们有能力参与的。保持一颗平常心，有人说世界上只有巴菲特一位股神，我们应该用心去学学他的理性，学学他的平常心，学学他的耐性。

　　历时两年的成书是一个漫长的过程，在此期间，我们要真诚感谢为本书提供素材及写作意见的媒体同仁，这本书是大家共同的结晶。最后，衷心希望读者朋友们能从书中思考出种种问题，能够更好地分享中国经济成长的果实！

[1] 舒歌. 恶炒普洱能喝的古董[J]. 今日财富, 2007 (7).

[2] 叶志军. 疯狂的普洱茶, 危险的"击鼓传花"[N]. 成都商报, 2007-04-30.

[3] 王亚南. 普洱: 理性的疯狂[J]. 决策, 2007 (7).

[4] 梁世燕. 疯狂的普洱茶接近崩盘[N]. 每日商报, 2007-05-28.

[5] 吴伟玮. 普洱茶崩盘: 茶市股市谁更疯狂[N]. 世界商业报道, 2007-05-22.

[6] 施律. 云南腾冲翡翠交易内幕[N]. 生活新报, 2007-11-07.

[7] 李磊. 赌石: 疯子的买卖[J]. 中外文化交流, 2007 (12).

[8] 林作新. 别再争论了——"红木"[J]. 家具, 2007 (4).

[9] 李楠. 红木家具, 为何牛气冲天? [J]. 现代苏州, 2008 (3)

[10] 赵正阳. 投资收藏无限好 家具市场别样"红"[J]. 艺术市场, 2006 (3).

[11] 丁建华. 中国古典红木家具市场是永远的牛市[J]. 董事会, 2007 (12).

[12]　杨东晓．红木疯狂[J]．新世纪，2008 (11)．

[13]　陆坷．红与黑——中国红木市场的疯狂与坠落[J]．商界，2008 (6)．

[14]　武剑波．红木家具何时再度"疯狂"[N]．网络报，2008-07-03．

[15]　郭艺珺．特许加盟：钱景虽好陷阱不少[N]．解放日报，2007-12-07．

[16]　杜娟．艺术品投资市场：一个尚未开采的金矿[J]．中国信用卡．2007 (10)．

[17]　旬玛．去哪里拍到你我挚爱的艺术品[J]．艺术市场，2008 (3)．

[18]　牟建平．艺术品的八大财经特征[J]．艺术市场，2008 (4)．

[19]　朱其．"天价做局"与"价格谎言共同体"[N]．厦门晚报，2008-06-13．

[20]　马健．我看古玩艺术品价格的影响因素[J]．艺术市场，2007 (3)．

CEO的商业智慧

世界最知名管理者联合推荐

全球最善于绝地大反攻的CEO
为迷茫的管理者点燃明灯

詹姆斯·基尔茨（James M. Kilts）
（美）约翰·曼弗雷迪（John F. Manfredi）著
罗伯特·洛伯（Robert L. Lorber）

ISBN 978-7-111-24147-8
定价：38.00元

出生贫寒，没有MBA学历⋯⋯
一位平民CEO和他的传奇经历

诺瓦克管理风格：左手倾听 右手征服 善待员工 长于变革

百胜旗下企业：肯德基、必胜客、必胜宅急送、塔可钟、A&W、海客滋（LJS）、东方既白

（美）大卫·诺瓦克（David Novak）著
ISBN 978-7-111-24020-4
估计：38.00元

ISBN 7-111-暂无
作者：奇普·康利
估价：38.00元

ISBN 7-111-22371
作者：李家祥
定价：38.00元

ISBN 7-111-19906
作者：宁高宁
定价：38.00元

《GAME CHANGER》宝洁公司CEO讲宝洁的创新
《杰克·韦尔奇如是说》通用电气前CEO韦尔奇管理思想精髓和语录

HZ BOOKS
华章经管

华章书院俱乐部反馈卡

写书评 赢大奖

身为读者，你是不是常感到不写不快？
无论是感同身受、热烈倾吐，还是淋漓痛批、指点文章，
我们真诚地邀请您，将您的阅读心得与我们共享。
您的心得，将有机会出现在我们的图书、主流媒体、各大网站上。
同时，您还有机会挑选一本自己喜爱的华章经管好书！
书评发至：hzjg@hzbook.com

欢迎登陆**www.HZbook.com**了解更多信息，
本网站会每月公布获奖信息。

华章经管博客已开通，欢迎留下宝贵意见与建议 http://blog.sina.com.cn/hzbook

◎ 反馈方式 ◎

网络登记：
登陆 www.hzbook.com，在网站上进行反馈卡登记。

传　真：
将此表填好后，传真到 010-68311602

邮　寄：
将填好的表邮寄到：100037 北京市西城区百万庄南街1号309室　闫　南　董丽华 收

个人资料（请用正楷完整填写，并附上名片）

姓名：_____ 性别：□男 □女 年龄：___ 联系电话：_____ 手机：_____

E-mail：_____ 邮政编码：_____ 传真：_____

通讯地址：_____ 就职单位及部门：_____

职　务：□董事长/董事　□总裁/总经理　□副总裁/副总经理　□高级秘书/高级助理
　　　　□职员　□政府官员　□专业人员/工程人员　□其他（请注明）

学　历：□高中　□大专　□本科　□研究生　□研究生以上

所购书籍书名：_____

现在就填写读者反馈卡，成为华章书院会员，将有机会参加读者俱乐部活动！

所有以邮寄，传真等方式登记，并意愿加入者均可成为普通会员，并可以享受以下服务。

- ◆ 每月3次的免费电子邮件通知当月出版新书
- ◆ 共同享有读华章论坛会员交流平台
- ◆ 享受华章书院定期组织的各种活动
  （包括会员联谊活动专家讲座行业精英论坛等）
- ◆ 优先得到读华章书目
- ◆ 俱乐部将从每月新增会员中抽取10名，
  免费赠送当月最新出版书籍1本
- ◆ VIP会员享受全年12本最新出版精品书籍阅读

1. 您通过什么途径了解到本书？
   ☐朋友介绍　☐会议培训　☐书店广告　☐报刊杂志　☐其他＿＿＿＿

2. 您对本书整体评价为？
   ☐非常满意　☐满意　☐一般　☐其他，原因＿＿＿＿＿＿＿＿

3. 您的阅读方向？（类别）
   ＿＿＿＿＿＿＿＿＿＿＿＿＿＿＿＿＿＿＿＿＿＿＿＿

4. 您对以下哪些活动形式最感兴趣？
   ☐大型联谊会　☐专业研讨会　☐专家讲座　☐沙龙　☐其他＿＿＿＿

5. 您希望华章书院俱乐部为会员提供怎样的增值服务？
   ＿＿＿＿＿＿＿＿＿＿＿＿＿＿＿＿＿＿＿＿＿＿＿＿

6. 您是否愿意支付500元升级为VIP会员，享受全年12本最新出版精品书籍阅读？
   ☐愿意　　　☐不愿意，原因＿＿＿＿＿＿＿＿＿＿＿＿

读华章俱乐部反馈卡